人文阅读与收藏·良友文学丛书

舒乙题

原丛书主编：赵家璧

特 邀 顾 问：舒　乙　赵修慧　赵修义　赵修礼　于润琦

出 品 人：马连弟
监　　制：李晓琤
执　　行：张娟平
统　　筹：吴　晞　姚　兰
装帧设计：赵泽阳

特别鸣谢（按姓氏笔画排列）：
韦　韬　叶永和　李小林　沈龙朱　陈小滢　杨子耘
张　章　周　雯　周吉仲　舒　乙　蒋祖林　施　莲
姚　昕　俞昌实　钟　蕻　郑延顺　赵修慧
以及在版权联系过程中尚未联系到的作者或家属

特别鸣谢：
上海鲁迅纪念馆
北京鲁迅博物馆
北京大学中国语言文学系
复旦大学中国语言文学系
中国作家协会权益保障委员会

人文阅读与收藏·良友文学丛书

虫蚀

靳　以著

中国国际广播出版社

良友版《虫蚀》精装本封面

良友版《虫蚀》平装本封面

良友版《虫蚀》编号页

良友版《虫蚀》扉页

良友版《虫蚀》内文

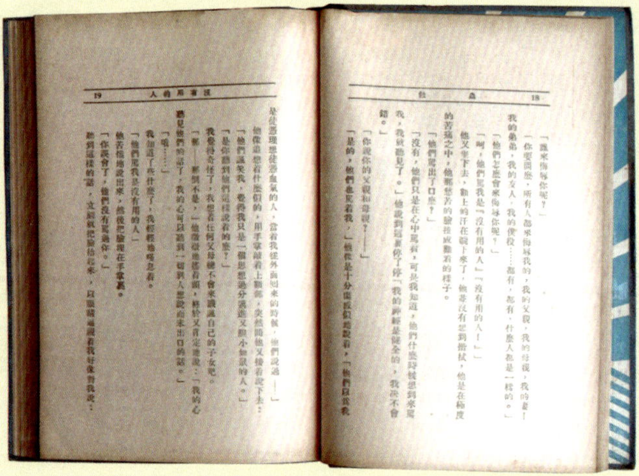
蝕　蟲　18

「誰來侮辱你呢？」

「你要問麼，所有人都來侮辱我的，我的父親，我的母親，我的妻！我的弟弟，我的友人，我的僕役……都有，都有，什麼人都是一樣的。」

「他們怎麼會來侮辱你呢？」

「呵，他們罵我是『沒有用的人』『沒有用的人！』」

他又垂下去，額上的汗在臉上淌下來了，他並沒有想到揩拭，他是在極度的苦痛之中，他鄭懋著的臉孔底顯着的樣子。

「他們罵出了口麼？」

「沒有，他們只是在心中罵着，可是我知道，他們什麼時候想到來罵我，我就聽見了。」他說到這裏停了停「我的神經是健全的，我決不會錯。」

「你說你的父親和母親？——」

「是的，他們也罵着我，」他很是十分懇誠似的說着，「他們以爲我

19　沒有用的人

是從那裡想從容血氣的人，當着我從外面回來的時候，他們說過——」

他像還想着什麼似的，用手掌敲着上額部，突然間他又接着說下去：

「他們譏笑我，要我只是一個思想過分過度又膽小無用的人。」

「是你聽到他們這樣說着的麼？」

我覺得奇怪了，我想着任何父母總不會來譏諷自己的子女吧。

「不——那倒不是，」他微微地搖着頭，輕輕又肯定地說：「我的心聽見他們的話了，我的心可以聽到一切別人要說而未出口的話。」

「唔……」

我知道了些什麼了，我輕輕地嘆息着。

「他們罵我是沒有用的人」

他苦惱地說出來，然後把臉埋在手掌裏。

「你誤會了，他們沒有罵過你。」

聽到這樣的話，文丽就把頭抬起來，以眼睛凝視着我好像責我說：

《良友文学丛书》新版出版说明

二十世纪三四十年代，著名编辑赵家璧在上海良友图书公司老板伍联德的支持下，历经十余年，陆续出版《良友文学丛书》，计四十余种。其中三十九种在上海出版，各书循序编号，后出几种则无。该套丛书以收入当时左翼及进步作家的作品为主，也选入其他各派作家作品。其中小说居多，兼及散文和文艺论著；第一号是鲁迅的译作《竖琴》。丛书一律软布面精装（亦有平装普及本），外加彩印封套，书页选用米色道林纸，售价均为大洋九角。

《良友文学丛书》选目精良，在现在看来，皆为名家名作；布面精装的装帧更是被许多爱书人誉为“有型有款”。不可否认，在装帧设计日益进步的当下，这套出版于二十世纪三四十年代的丛书外形已难称书中翘楚，但因岁月洗汰，人为毁弃，这套曾在出版史上一度“金碧辉煌”过的丛书首版已然成为新文学极其珍贵的稀见“善本”。

在《良友文学丛书》首版八十周年之际，为满足现代普通读者和图书馆对该丛书阅读与收藏的需求，我们依据《良友文学丛书》旧版进行再版（四种特大本不在其列）。本着尊重旧版原貌的原则，仅对旧版中失校之处予以订正。新版《良友文学丛书》采用简体横排的形式，以旧版书影做插图，装帧力求保持旧版风格，又满足当下读者的审美趣味。希望这一出版活动对缅怀中国出版前辈们的历史功绩和传承中国文化有所裨益，也希望广大读者多提宝贵意见和建议，以便我们把日后的工作做得更好。

《良友文学丛书》新版校订说明

一、本丛书收录原良友图书公司编辑赵家璧主编《良友文学丛书》共四十六种（四种特大本不在其列），乃为目前发现且确系良友版之全部。

二、此番印行各书，均选择《良友文学丛书》旧版作为底本，编辑内容等一律保持原貌，未予改窜删削。

三、所做校订工作，限于以下各项：

（1）将繁体字改为简体字；

（2）原作注释完全保留；

（3）尽量搜求多种印本等资料进行校勘，并对显系排印失校者在编辑中酌予订正；

（4）前后字词用法不一致处，一般不做统一纠正；

（5）给正文中提到的书籍和文章及其他作品标上书名号，原作书名写法不规范、不便添加符号者，容有空缺；

（6）书名号以外其他标点符号用法，多依从作者习惯，除个别明显排印有误者外均未予改动。

序

浸沉于个人的情感之中，只为一些身边事紧紧地抓住，像一尾在网罟中游着的鱼，一直是没有能力全然冲到外间去。我化费着我的精力，有的时候为了不能停下笔来就在桌上伏个整天，其结果是昏涨的头和酸痛的手，与一些留在纸上的墨迹：由自己所写出来的那些琐细的情感，自己都怕着去再读一遍，也就任它丢在一旁。这样子我过了几年的日子；觉得十分汗颜地，这是我第五本印了出来的书。

可是我写了些什么出来呢？我的友人曾经如此责难我，我自己也来问着自己。即使我是为了真的情感才提起笔来，甚至于在写着时候，把眼泪流到纸上的时候也有过，可是对于读者大众我给了他们些什么呢？我知道有些人在流着泪来读我的作品的，有些人为我那温柔的语调所打动；在我这面就没有更重要的事该写出来么？在读者那一面，也不是没有更切要的事该告诉他们的。现在我是走进社会的圈子里来了，这里，少男少女已经不是事件的核心，这里有各式各样活动着的人，在不同的生活方式之下，他们各有自己的苦痛，这种苦痛也是为我所习见的，为了想知道更多一点，我也会更细心地观察。这些人的心不是一望即到的，每天在自己笑着，或是能使别人笑着的人，会有更深的苦蕴在心中。于是我深深地悟到展在我眼前的已不是那狭小的周遭，而是广大无垠的天地。只要我能张开我的眼睛，那将有无穷尽的事物在我眼前涌现。

这一本书，将结束了我旧日的作品。在以前我的文章中，时常写到我的一个友人，最近我知道了这个友人活得很好，而且可以说是成功了的。在这里，我将真心地祝福这个友人。关于我的写作呢，我有许多友人该提起来的，他们给我以不同的帮助。友人石，是我最该说起的一个人，他不只在这一面给我以无上的鼓励，还告诉着我在人生的途径中该如何来迈着步。弟弟叶，曾经几次当着我完成了一篇文章，不能定题，他能在一读之后，给我一个恰宜的题目。还有当着我为往情所缠绕，莫能自已，只过着昏沉沉的日子的时候，就有那么多亲切的眼睛在望着我，一个直性的友人还能逼着我提起笔来，要我抬起眼来看到远远的地方。

这本书，我想，该献与我这些友人们，尤其是我十几年来的友人石。

一九三四，九，一日。

目 次

没有用的人

那是一个炎热的下午，一切地上的生物都定在那里为悬在天空的太阳烧着烤着，没有一点方法来躲避，只有深切地感觉到：活着也并不是一件容易事。得以隐藏在房中的我呢，也正在烦恼着，因为厌人的知了，引起我的睡意；（我知道如果没有那冗长单调的鸣声，我决不能在热得连一口气也透不过来的天还想到午睡的。）可是当我睡到了床上，只有短短的一刻，就为汗把我浸醒了。我像是还做过一个梦来，梦中跌到水中去，只一下就惊醒我，通身的汗像是从上面淋下来。我立刻爬起来，用冷水冲了一下，当我用毛巾擦干了时，又是一层汗渗出来了。我没有法子，摇摇头，叹了一口气，便挥着蒲扇坐到椅子上去。

于是我打开来一本书，我想借着读书来忘却酷热之苦；可是当我的身子屈向书桌，头稍稍低了下时，就有一行汗从颈部一直流到前胸。那微痒之感使我不能忍耐。

我只好站起来再用毛巾去揩着，这时候，大门的铜环不知道为那一个人敲着锵锵地响起来了。我想这一定是送信的邮差，为了生活不得不在这样的时候奔走，友人们是决也不会来造访的。我以为仆人一定会应声开门，可是事实却不尽然，因为那门环一直在响着。那干枯无味的声音惹起我的烦燥，便跑出去，一下子拉开了虚掩着的门，使我惊异的是站在门际的是和我相识十年的友人杨。他穿了夏布长衫，通身都是绉褶，如石像一样地兀自站在那里。我伸出手去想来握他的手，他却没有向我伸过手来。我说：

“请进来坐吧，这么大热的天……”

他没有说一句话，顺了我的指引走进我的房子，我请他坐下去。我为他倒了一杯凉水，还送给他一把蒲扇。

在三年未曾和他见面期间，半月前是偶然地在公园遇着了。那时因为有另外的友人，并没有多说什么，只是告诉着我的住址。还说了没有事请过来谈的话。但是在我的心中，为着他身形与容貌之变迁，最初是诧异着，又反复地想着，终于是萦绕心中难以放得下。当我和他相识的时候，他有着魁梧的身材，有着红而健康的脸色，他的眼睛是肯定的，永远像望了闪在前面的光明与幸福。他聪明，又有好的环境。在朋友中，他是最为人所羡慕的。并不一定是为了他那物质环境，却因为他永远像是不知道世界上还有愁苦这个字。但是后来，为了什么样的冲动，他却走到远远的南方去从事实地的革命去了。这已经使与他相识的人起着莫大的惊讶，因为像他那样的人，至多不过是好一点的公子哥儿而已，真能舍开了温暖的家与美丽的妻，也是为人所想不到的事。在千辛万苦之中，他居然平安地过来了，在报纸上居然也有了他的名字。好像他所寻求的已经为他得着了。他满足了，他成功了；可是在一次大的变迁之下，他从九死一生之中逃了出来。他弃去了自己的姓名，不和一切人往来，走了许多生疏的地方，后来是躲在自己的家中。也是偶然间在街上遇着了，我拍着他的肩，叫着他的名字，他却微笑着和我说：

“先生，你也许是错了，我不认识你的。”

我再睁大了眼睛看着他，他的脸为风霜之侵蚀，成为黧黑的了，又瘦下一些去，他的头发又是杂乱的，唇间又有一点小小髭须。这是当着他把头转过来的时候，我就自觉孟浪了，纵然是有相同的背影，这面貌是距离了脑中所记忆的他差了许多。再注视着，也还是这样；于是我不得不说着抱歉的话，以自己的粗心与短视为理由，请求对方的原谅。他点着头连续地说着：

“没有关系，没有关系……”

他仍自向前走了，我还是注视着，仍然使我起着这个人一定是我所想的那个人的感想；因为他在走路的时候，在摇着上半部的身躯，每次又把手故意碰着自己的裤管。这次我却没有再追上去问着，一半想也许有相同的人，再有就是我想到了即或是他，也怕有什么不便，所以才故意地躲着我。

过了一两天，我却得了一封信，那是他写来的，他先在请求我的宽恕，因为那天我所请求原谅的人就是他的。他说明因为在街上要躲避路人的耳目，不得不装成和我不相识的样子。在末了是写着他是诚心地在希望着一个老友在闲暇的时候能到他的家中去谈一谈。

我去了，那是在一个早晨，仆人为我回过之后，就请我随着他走进去。领我穿过了一道一道的门，那是华丽的中国旧式的建筑，从那式样上看，使我想到当初的所有者一定是王公之一流。我是被领到最后面的一个花圃里，穿了浴衣的他正在那里闲逸地以喷水壶来浇着水。他看到我，立刻放下手中的喷水壶，赶到我的面前来和我握着手。他笑着，他的手用力地握了我的，在说着：

“我们是几年没有见面了！”

“我的眼力还是不差吧，居然能看得出你来。”

他笑了，他告诉着我，就是那天在街上，他也几乎自己忍不住要笑出来。

“为什么我们不坐下去谈呢？”

他于是就拉了我的手坐在藤萝架下面的竹椅上，这时仆人也就送来纸烟和茶水。

“你抽烟吧?”

他先取出一支来送给我，可是我却摇摇头。

“我不会抽。”

“还是不会抽么，隔了这么几年?”

他只得自己点起一支来抽着了，他抽烟的姿态是有些不同的，他是努力地吸着，因着就发出来嗤嗤的声音，这样子就好像他要把一支烟一口就吸尽了似的。

“你倒真有这闲情逸致呵!”

我这样和他说了，他把眼睛朝我望了，用手先丢去衔在嘴中的烟蒂，就回答着:

“不这样子怎么办呢，这样子的国家，这样子的时代!”

在他的话语之间，自自然然地就听得出来他那深积在胸中的愤懑来了，他抓着自己的下颏，突然间他把右手伸到我的面前和我说:

“李，你来看看!”

在那手掌的中间，我分明地看到一个疤痕，他又站到我的身前，把肩部褪了出来，我也看到一个疤痕，他又把腿一只一只地抬了起来，在那上面我看到了三个创伤的遗迹。

“这些就都是了，几乎我自己的生命也放到上面了;可是我所得到的是什么呢，是迫害，是流亡!”

他又坐到椅子上面去，像是叫喊一样地说出来，还用手拍着裸露的大腿。为这过度的兴奋，他的脸又涨红来，暗青色的筋也突出着。

“但是你却尽了你的力量，从灾难中拯救起来无数的人民。”

“人民又是在新的灾难之中了！”

他立刻就接着我的话说下去，随后即是一个沉默。我是知道从前他怀了什么样喜悦的心情跑到南方去；可是现在他却变成了如此的懊丧，想像着若是没有什么过于使他失望的地方，也许不会几年间一个人有着如此大的变迁吧。

“无论如何，你总是做过一番事业。”

“事业么？现在是什么也提不到的，除非我们能达到成功之路，那才算是事业；可是现在，唉……”

他摇着头，不断的叹气，他觉着自己像是太无力了。

“几月前你还不是在××政府有着很重要的位置么？”

“是呀，可是现在他们在搜求我，只要为他们捉去；就会杀了我。”

“这不是不公平的事么？你曾和他们在共同的目标之下受了许多的苦难，你决不该得到这样的报酬。”

“你以为这世界上还有公平这两个字么？”

他呵呵地笑起来了，他像对了一个不懂世故的孩子说了一句傻话而笑着。充分地显出他自己是一个深知世界的人了。

我们端起茶杯来各自喝了一口。

为了好奇的缘故，我请他告诉我他是怎么样伤了的，他告诉我使他记得最清楚的，就是手掌上为枪弹所洞穿了的那一次。

他说，当着革命军还没有到上海的时候，他是事先被派着去做秘密工作的，暗地里他联合了许多工人。

“由我一个人的指挥，去夺北火车站。在最初，我只是抱了牺牲的决心，因为以一群未经战争的工人来和那些兵士们对抗，就是那些兵多么不中用，也是难抱乐观的。”

他就告诉我当着真的接触起来的时候，情况却正是和所想的相反。他摇摇指挥刀，奋勇地攻上去，到已经把车站占领之后，他才发现了从手掌流到手臂上的血。于是他才知道右手掌是为子弹洞穿了，同时也才觉得那不可忍的疼痛。但是他却十分高兴，因为他成了一件最满意的工作。

当他说起来这件得意的往事，他就又振作起精神，挥动着手，像他还是在领导了一群工人在战争，他摇了手臂，有的时候还从座位上站起来。但是当他说完了，想起来那不过是追述一件过去的事，就又觉着十分无兴致的了。

他又颓然地坐下去。

“其实，这些事不提起也好，已经到了连自己也必须隐藏的时候了。”

他又点起一支烟来抽着。

在他的精神上，我知道他是忍受痛苦的，在生活上，他没有一点忧愁的必要。他的家很有钱，还能给他华贵的生活。他在说了许多关于自己的话之后，忽然想起问到我的情况来了。我就告诉他：

“我在教着书。”

“结婚了么?”

“我还是一个人的。”

“那才好，”他像是有着什么样感触似地如此说着，我想那些嫁到富贵人家的女人，总不会再有什么不满意的吧。

“女人总是麻烦的。”

我知道他的妻也是和他因爱恋才结合的，可是我不知道为了什么，他忽然说起这样的话来。

“你现在怎么样过着日子呢?”

“我就是住在家中呀。自己栽置些花草，再读一点书，也就是很快地把日子磨过去了。”

“到这里有多么久?”

“两个月也过了，正在过着的时候，觉得是漫长的，可是过去了，又觉着像飞一样地快。”

忽然他站起来走过去，仔细地把一枝倒下去的花枝扶了起来，我却惊讶着他居然有着这样的细心。

这时，我更仔细地看着他，我看到他的脸上有着些绉纹了，头上还有几茎白发。他的眼睛还在露着一点怀疑的光来，像是对于将来的一切，不是如从前那样地深于置信了。

我计算着已经在这里过了一点多钟，便站起来和他说着告辞的话。

“为什么不多坐一下呢？”

他立刻又走近我握了我的手。

“家中怕有友人来，下次再来吧。”

“你若是有事，我就不敢留你了，你知道我是很想找朋友来谈谈——”

“但是，觉得有多少话要说的，见了面又说不出来——”

“你知道，我的家里，没有一个人可以谈的——”

“没有事的时候，多到这里来来也好的。”

也许他是到了真的需要一个友人的时候了吧？在从前，我还没有觉出来他有着如此深厚的热情，但是一个受了残酷的待遇的人，就把一个人原有的个性也能改过了。

“一定的，我会来看你。”我走了，他仍然握了我的手送我出来，依恋地道别后，我们才分开手。这以后，在很短的期间我并没有去看他，我自己呢，为了生活的原因，很快就到另外一个地方去了。而我从另外的地方住了三年之后回来，只是三四个月以前的事。于是在半月以前，偶然地我遇见他了，这一次我又是几乎不敢去认他，他又是变了。他的背部有点弯下去，他的脸成为黄而苍白，他的眼睛无神地望了前面。我看到了是他，就告诉着友人稍等我一下，自己走过去。“喂，杨，你一个人来的么?”

我知道他听见我的声音，很迟钝地才把脸转向我这面，这时我已经走到他的身前，伸出手去，预备和他握手了。

“想不到遇见你，什么时候回来的?”

他站起来，握着我的手；可是他的手不像是从前那样强壮有力，他说话的语音，也显着十分微弱了。

“我回来有三四个月，还没有得时候去看你。”

我向他笑着，他却像是始终注视着我，那是逼人的眼光，我想着躲开。

“你住在什么地方?”

我告诉了他我的住址，他就请我和他坐谈一下，可是我却以有另外的友人在等我的话，委婉地回拒了，然后和他告辞着。

“我许在这两天里去看你的。”

“不，不，”他带了一点严重性和我说，“还是我去看你好了。”

于是我就离开他了，我的脑子里总是闪着他的影子，尤其是包了他那两只眼睛的黑晕，几乎像是深深地涂在我的记忆之中，永远也不能淡下去。我就又想起来他的眼睛虽是无神地，有时又像长矛一样笔直地刺着我，我知道那是有点异样的，那像是对于一切人都怀疑，终于是愤恨着。他或者恨不得自己的眼睛能冒出火焰来烧焦了他所看到的一切。

到后来我并没有守着我的话去看他，因为自己的工作，和渐渐热起来的天。在我也不曾想到他会到我所住的地方来的时候，他却来了。

我想起来他是会抽烟的，便把烟送了过去，还为他点着了；他仍然是像从前那样子狂吸着，发了嗤嗤的声音。

他坐在那里，瞪着我，像是谛听着什么，我都看到夹在手指中间的那支烟快炙着他的皮肤了，他也没有丢开去。我忍不住了和他说：

“烟该丢了，不然就要烧着你的手。”

对我的话他并没有加以置信，还是自己去看着，才丢到烟碟里去。

“我是想来和你说一件事的——”

他突然地这样说着了，露了异常的严重性，他绉起眉毛来，用手掌扶着自己的脸。

“很欢迎的呢，有什么事情谈谈也好的。”

“你可以不可以告诉我，什么地方没有人类？”

给了我这样一个莫明其妙的问题！我不但是不知道怎样回答，而且还想不出他为什么要问我这样问题的用意。我的心中想着他或者是故意来和我说着笑话吧，可是他的样子又是那样的严肃，我只得反问着他了：

“为什么你要问这句话？”

他像是想了想，低下头去又抬起来说着：

“我想找一个那样的地方去。”

“你有着和人类隔绝的意念了？”

他点点头。

“为什么呢？”

“我厌恶人类，我恨人类！”

他切齿地说着，他猛然地把握拳的手捶着近着他的一张方桌，为他倒的水立刻溅出来。可是他未曾注意到，他整个地是为忿怒紧紧地抓着。

“世界上怕没有这样的地方吧。”

我只悠悠然地答着这极平凡的话，想不到他却立刻变了神态。他露了万分失望的样子，像是一个希望在他的面前为人活生生地捏碎了，他站了起来凑近了我，向我低低地说着：

“是这样么，是这样么？”

“每一个人都要给你相同的回答。”

“那怎么样呢，我还是只能忍下一切的侮辱么?”

“谁来侮辱你呢?”

“你要问么，所有人都来侮辱我的，我的父亲，我的母亲，我的妻！我的弟弟，我的友人，我的仆役……都有，都有，什么人都是一样的。”

“他们怎么会来侮辱你呢?”

“呵，他们骂我是‘没有用的人’‘没有用的人!’”

他又坐下去，额上的汗在淌下来了，他并没有想到揩拭，他是在极度的苦痛之中，他那愁苦的脸扭成难看的样子。

“他们骂出了口么?”

“没有，他们只是在心中骂着，可是我知道，他们什么时候想到来骂我，我就听见了。”他说到这里停了停“我的神经是健全的，我决不会错。”

“你说你的父亲和母亲? ——”

“是的，他们也骂着我，”他像是十分伤感似地说着，“他们以为我是徒凭理想徒凭血气的人，当着我从外面回来的时候，他们说过——”

他像追想着什么似的，用手掌敲着上额部，突然间他又接着说下去：

“他们讽笑我，觉得我只是一个思想过分迈进又胆小如鼠的人。”

“是你听到他们这样说着的么?”

我觉得奇怪了，我想着任何父母总不会来讥讽自己的子女吧。

“那——那倒不是，”他微微地摇着头，终于又肯定地说：“我的心听见他们的话了，我的心可以听到一切别人想说而未出口的话。”

“哦……”

我知道了些什么了，我轻轻地叹息着。

“他们骂我是没有用的人。”

他苦恼地说出来，然后把脸埋在手掌里。

“你误会了，他们没有骂过你。”

听到这样的话，立刻就把脸抬起来，以眼睛逼视着我好像对我说：“你，——你也站到他们那边去了!”可是他又继续着他的话：

“在我的友人——同志的心中，我却无疑地是一个落后的人。我永远未曾追上他们！我只留在二者之间，成为一个不进不退的人。每次我见到他们，他们就笑着我的懦弱无能，视我像一条狗似地夹了自己的尾巴躲在主人的家里。——”

“这又是你自己想着的吧?”

“不，不，我不是告诉过你么，我的心听得见一切未说出的语言，我是听到了的。我向他们解释——其实我用不着解释，我却是顾念到这误会能影响我和他们的情谊，——他们更笑着我，说我的神经也不健全了！天啊，他们要拿什么话来骂我呢！朋友，你看我像是神经不健全的人么?”

我欺骗着他了，却是为了他的好，我摇摇头。

“可是他们说我神经不健全，什么是神经不健全呢，啊，一个疯子！一个没有用的人!”

“——在社会中我是一个害群之马，我是一个罪人，是人人都该指摘的人。”

他的满脸都流着汗，这原是一个了不得的热天，我因为听得入神，好像忘了炎热一般。

他端起杯子来喝了一口水，然后用手抹着脸上的汗，他又点起一根烟抽着。

我看着他，那疑虑，焦燥烦恼的样子，引起我的同情，我知道他是怎么样了；可是我不敢说；我怕说出来之后对他是不会有什么好处的。

他丢了那支烟，又说着：

“我的妻，——你知道么?”

“我看见过她，她是一个很好的女人。”

“你错了，”他冷冷地笑着，像是对于我那错误的视察加以轻蔑的讥笑，“她是世界上顶坏的女人!”

“你不要这样说吧，对于一个丈夫她总是一个难得的好妻子。”

“在外面看起来你的话也许不错，你没有再向深处看她一步，她是最会作假的人。”

说过了，他低下头去，又是在思索着什么样的实例。

“譬如她每次劝我不要多到外面去，总有许多好听的理由；可是她的原意却是这样‘就守在家中吧，一辈子也不必出去，靠了父亲的钱活下去也就算了。’——”

我绉着眉摇了摇头，他还是说着：

“——就说今天吧，我出来，她就问我到什么地方去，我说我什么地方都可以去；她又说这么热的天不要多在外面吧，怕会中暑的，你想她不是把我看得比什么都不如了么？——”

“——我是从死亡的手中钻过来的，我曾经在战壕里为雨水浸了站立三天，我曾一天跑过一百二十里的路；我还会怕这热一点的天么？——”

他兴奋地说着，唾沫的星子从他的嘴里溅出来。

“——我忘记把扇子带着，她立刻就告诉我，她看我一点也没有用；可是我说我是故意不带出来的。——你想，这是一个人所能忍受的么？”

“——而且她——她也骂着我是一个没有用的人！”像是很费力地他叹了一口气“想想看，一个我所爱过的人，比我的父亲和母亲还要亲切的人，也是这样来骂着我了。”

“你不要误会吧，他们不会对你这样的。”

“你以为我是误会么？并不是的，我自己知道我自已没有用，可是我不愿意由别人说着我，我更怕不用嘴来说，只是用心中来说着。”

我望着他，我看得出他真是为着这些忧烦，他的样子很使人惊恐。

“杨，我想你该静一静，到乡间去住上两三个月吧，城市的生活也许对你不十分合宜，你该有好的静养，你的思虑是太过分了，你必须注意自己的身体。”

我以衷心发出来的话向他劝告着，我是同情他，我想像得出他是如何地忍受着苦痛，所以我诚意地说了。听到我的话，他却翻起眼睛来瞪得大大的，朝了我一动也不动地望着，就向着我说：

“你该接着说出来下面的话呵。”

这使我愕然了，我想说的话不是都已经说完了么，我是没有话说的了，可是他要我说什么呢？

“说出来吧？”

他又在催促着我。

“我没有什么话要说了。”

我终于这样说。

他站起来了，他的眼睛像是冒着火，他从牙缝里挤出一个一个的字来：

“你也来骂我是没有用的人了！”

这他却说错了，我并没怀着一点看不起他的意思，我就和他说：

“没有那回事，你不要这样想吧。”

可是他并没有停止，仍然用着恨恨的语调和我说！

“我才走进来我就听到了，你不必说吧——”

“杨，你为什么要这样想呢，我总还是你的友人的。”

“啊，友人，——友人，我没有一个友人，我知道我是一个没有用的人，——”

他逼着走上两步来，

“可是我不愿意别人来说我是没有用的人！”

才说完这句话，他就跳起来猛然地在我的脸上击了一拳，他的那一只拳头要击上来的时候，就为我迎着抓住了。我的脸痛得发烧，我将要施以对平常人的报复，突然间我想起来了，我放开他的手，我不说一句话。我用手抚摸着我的伤处，已经伤了外皮，像油一样的血渗出来。

他也站在那里，看着我，默默地，渐渐我看到他的眼睛里有眼泪在转着了，他就低下头去，用迟缓的脚步走了出去。我没有送他，还是站在那里，我没有一点恨他的心思。

我听到仆人关门的声音了，我想仆人一定也觉得奇怪吧，想着主人何以不来送客呢？

我还是站在那里，我不知道自己是在想些什么，我像是呆定了，我的伤口，为汗水所浸润，起着难耐的疼痛。我走到镜子的前面去照了照，我看到那红色的血，我又起始觉得我的脸有一点发痒，在镜子中我看到渐渐挂下来的两行泪。

对于他，我仍然是有着深厚的同情的。

老 人

挂了“阿克索衣诺夫旧物八杂”这样招牌的那家买卖，是挤在排满了这一类商家的那条街上。横在屋上的金字招牌，已经失去了那点金花花的颜色，就是那以泥土筑成的字的笔画，有的也为积年累月的雨水冲毁了，容易为人读成“阿克索衣奥夫旧物八杂”，或是“阿克斯衣诺夫旧物八杂”。可是这种错认只是一些生客，因为这个铺子在这条街上已经有了三十年。

在这个铺子的右面是一家下等饭馆，标明了出卖二毛五一份的“家乡午饭”（事实上到那里的客人多半是讨饭的人，花上五分钱买一个汤，把讨来的干面包浸在汤里吃着）；在左面，则又是一个旧什物铺子。这条街是脏的，在夏天飞着成群的苍蝇，因为是那么多，嗡嗡的声音都会使人的头发昏；可是到了冬天，一层冰一层雪地盖下去，不只把一切不洁之物都掩藏在里面，还能显着颇清爽的样子；而且那自从造起来就没有翻修过的不平的路，也像是光滑了。但是这光滑并不对于行人有利，反倒更容易使人在那上面倾跌下去。

这一天，是一月十五日的晚间，那些没有国籍的白俄人民刚刚在头一天度过了他们的新年。每个年节的日子，更容易使他们想起来过去的一切事情，因为事实上是不会再有了，所以他们更觉着值得追恋。

于是他们大量地喝着酒，有些人简直是张开了喉咙灌下去的。（其实，这也并不能认为是适常的理由，因为他们对于酒的爱好，一向是为人所深知。）就是那些没有多少钱来买一醉的（也许还饿着两顿饭的肚子），也要装成醉醺醺的样子，走起路来要东倒西歪，故意含含混混地说话。这却完全是为了体面的原因。

老阿克索衣诺夫沉默地坐在他的货物之间，眯着眼睛，似睡不睡地蜷卧在那高的圈手椅的里面。他那红色的脸，堆满了绉纹，正像一个在太阳下晒过三天的苹果，使人看见了就要发着不舒服之感。而且他是干枯，瘦小，像一只猴子，只是缺少那尖锐的目光。他的眼睛不只是不尖锐，还总是露了疲惫的样子，也难怪，他用它们张望过七十四年的人世了。他的手像鸡的脚，只是骨骼上包了一层皮，筋络一条条地都突起来。

每个看到他的人，都对于老年增加了更甚的恐怖。在心中问着自己：“我也要活到那么使人讨厌的年岁么?”

算是他的货物，种样是多的，只有一个共同性，那就是旧。既然说是“旧物八杂”铺子，货物之旧是当然的，只是他的货物之陈旧，就如同他这个人一样，到了只有使人叹气的地步。那些货物有一八八零年最应时的女人披肩，有着五十年的历史，早已褪尽了颜色；还有磨去表皮的长筒皮靴，被虫子蚀了无数洞孔的旧礼服和帽子；在发明那一年，就造出来的留声机，锈成黄色的一些铁器，少了一只脚的写字桌，——许多许多不同的东西，有的还为年青人所未曾看见过，在惊奇之外，也还对于用途有点莫明其妙的东西。

但是在他的眼里，什么都是美好的，每一物件都有一段光辉的过去。除开了那些他自已用过或是为他的家所有的之外，那些由别人卖到他这里来的，（这可也是五年前的事了，五年里他没有富裕的钱来收买别人的旧物。）也都有它自己本身的故事，由卖者抹着眼泪说给他听。那时他也许陪出些眼泪，把钱塞到卖者的手中，听着他的道谢走出去，把这破旧的什物剩在这里。转过头来他就觉得上了当，生着气，把他唯一的助手骂一顿，（这个助手，就是他的孙子，名子是亚历山大，平时为人叫着缩名沙夏，一个二十几岁的年青小伙子。）喊着他搬到一边去。可是他却把那美丽的故事清清楚楚地印在脑中，如果有顾客来看中了，他就能把这故事说得更动人一点，为的是能得着好价格。

“您可不要看见它破就绉起眉头，它可是咱们俄国造的上等货。—— 可不是现时的俄国，那群反叛的国家。这个手风琴就是一千八百五十一年，也许是五十二年，轰动了整个的彼得堡的歌唱家，叫什么诺——，您得原谅我，我记不起来了，我是快要活到七十岁了。——就是他用过的，您可得知道这个诺——是又年青又漂亮，多少女人着了他的迷，他可就是性情不好，不欢喜那些娘儿们。我就知道有些不得和他亲近的女人，买通了他的仆役，在他的手风琴上偷偷地吻一下。您不信闻闻看，到现在还有脂粉香呢！他爱上的是一个顶不爱他的女人，世界上的事都是这么怪的，他一辈子可没有得着她的青睐，他就带了他的琴，跳河死了——”

他自己在心中温着这只破旧的手风琴的故事，有一点疑难上来，即是把它的主人说成自杀死了的，是不是为那买主们觉着一点可怕呢？

但是这件故事却使他自己十分满意，甚至于连他自己也骗了过去，就吃力地把鼻子凑到那手风琴的近前，闻闻是不是留有脂粉的香气。

当着他用力地吸着，那霉湿的气味刺激着他的鼻子，打了一个大喷嚏，眼泪都流了下来。他喊着他的孙子，把他扶到椅子上坐下。

他闭了闭眼睛，让精神稍稍得到一点苏息，可是如果这个时候他的耳朵里嗡嗡地响了生人的语音，他就会立刻跳起来，揉着眼睛，顺着主顾的手指所指着的物件看去，滔滔地起始着记在心中烂熟的关于那物件的故事。

但是他自己已经活到了七十四岁的年纪，真也是陈旧得如他的货品一样，在别人的嘴里该有一串美妙动人的故事。或者是没有一个人对他有高深的兴趣，因为他是那么老得使人厌气的老头子，孤独而无味地活着。

他的孙子沙夏——他那个唯一的助手，也在两年前偷偷地离开他了。留给他的短简中，有着这样的一句话："我的走是为了不愿意把我的青春埋在这破旧的氛围之中。"这使得他这个老年人，气得只有发抖的分。

"破旧的氛围，破旧的氛围，"他的嘴喃喃地说着，"你可是从这破旧的氛围里面长大起来的！你走到任何的地方去，上帝的眼睛总会看了你。把你埋葬到土里去吧，埋葬到海洋里去吧！"

他可是这样子凶很地诅咒着了。

从这以后，他就只是一个人，早晨要他自己爬起床来打开门，到晚间还要他亲手把门锁好。窗橱间的那方大玻璃，自从那年青的小伙子走后，就未曾擦拭过，上面是罩了一层如雾的污物。

时常他也想念着那个离开他的小伙子，自然他真是需要一个人的帮助，除开这个原因之外，还有就是不是用嘴说得出来的一点亲情，使他总不能忘记。

在昨天，他拿了一件旧上衣，还加上了多少好话，换来了一瓶渥得加和两块烤小牛肉，喘着一口气，坐到自己的圈手椅里；那时候，他就突然间想起了漂流在不知何处的孙子。他想着如果沙夏在这里一定会更有趣味一点吧。他记起来沙夏的歌唱和跳舞，（从前他可是觉着沙夏唱得他头昏，跳得他脑子涨过的。）他怀念着他在这个过年的日子是不是也能痛痛快快地喝一晚上酒？

他一面想着一面把酒倒在杯子里送到嘴边，只一口就减去了小半杯的容量，突然地他想起来莫不成他的沙夏已经不在人世了么？

这样想着了，他就记起来沙夏自从走了之后，两年中未曾寄过一封信来，也没有从别人的嘴里听到沙夏的信息；而且在前一年，也许就是前五天，他有过一个梦，梦中他看到沙夏瘦得不像人样站在他的面前。

他打了一个寒战，一切都像暗示着他的沙夏一定是死去了，他恨着自己不该在他走的时候发着诅咒，也许是他的诅咒把沙夏害死的。

“——这不可能，这不可能。”

他独自在心中默默地说着，他想到仁良的上帝，不该再夺去他的孙子，他的独一的孙子。

他追想着自己结婚后五年，那个不义的妻就不知道逃到了什么地方去，为他留下了一个三岁的儿子。虽然他那时候还有能力使另外一个女人成为他的妻，可是因为怕了一切从女人上所引起的纠纷，就没有那样做。在他的照顾之下，他的儿子长到了该从父亲的膝下走到女人的怀中的年龄。可是后来他的儿子在婚后又很快地死于军役。

尚在少艾的儿子的妻，丢下一个才只一岁半的婴孩，嫁一个铁匠丈夫去了。这个婴孩就是沙夏，经过了他二十年的抚养，长成了一个粗壮的小伙子。他十分钟爱他，也时常责骂他。在事业上，沙夏确是能给他极大的帮助，那些凡是为老年人的精力所不能做的事，都是那个小伙子替他像牛一样地操作；但是沙夏有时候也有牛一样的性子。在他的眼中，沙夏常是拗不过的，要他生气，总也不肯听他的话。譬如偶然间街上有一个女人走过去了，沙夏就会故意跳到街上，拦住女人的去路，也许说上两句粗鄙的话。这在他的眼睛里，可实实在在难以看得下去，当着沙夏回来了的时候，他就用了他那粗哑的声音说：

“沙夏，这你可不该！”

那小伙子不理他，只把眼睛翻了翻，仍然是像牛一样地在那边把破旧的缝衣机搬到近窗的空处。他的嘴唇在嘘着俚俗的调子。

“你可真是一点体面也不懂，你该知道要尊敬女人。当着我还年青的时候——”

他才说到这里，沙夏就拦住了他的话头：

“女人还要尊敬么？我们这一代和您那一代隔了半

个世纪呢！”

沙夏讥讽地，把鼻子嗤了一声。

“年代虽然不同，男人总还是男人，女人总还是女人吧！”

他忿忿地，几乎是扯了自己的胡子，把眼睛也瞪得溜溜圆朝了沙夏望着。

“您不用气急”，沙夏故意扮着鬼脸，立刻就把老年人逗引得笑起来，

“这年头的女人您可真摸不清。”

“好，我看着你们吧，……”

说完了他就又走过一边去，继续方才停下来的工作，沙夏也自唱起了曲子来，做他该做的事。

对于工作，沙夏却从来不曾厌烦过；可是围住他的那些什物，时常引起他的不快。这都是那么陈旧，几乎每一件都是在他之先而在这世界上出现，纵然有着许多好听的故事，也不能使他有一点兴致发出来。这都是失去了光泽，灰暗的；就是去追想往日的辉耀，也多是那么不容易，没有一点把握。他时时在问着自己：“我真就这样一辈子下去么?”这时候他的心就活动起来，接着就想到：“我迟早是要走的。”

每一次想到离开这个陈旧的环境，就想到了他的老祖父，已经是那么老，平时虽是使人厌烦，想到了离开却有深厚的依恋之情，年老的祖父实在是好得使人讨厌，

他照看他的孙子以五六十年前他的祖父照看着他的同一情形，他完全忽略了这中间有若干岁月的距离。为这原因，在年青人那面就觉得他是多事的，絮叨的，麻烦的，不使人高兴的。而且祖父又有那么刚愎的个性，（许多人都说他是多年没有女人在身这才如此，）不容他的反辩和争论，所以时常为着祖父的好意他却是在忍着苦。

"若是我走了呢？"

他这样想了，心中便像闪了一线的光：但是想到他若是走了年老的祖父该怎么样活下去呢；他就又起始犹豫着。他知道他是他独有的亲属，没有人来照料他，也没有人来安慰他的寂寥。可是终于他又想着：真就使我自己也像这些货物一样地腐旧下去么？

他还是走了，留下的短简，使那个老年人呶呶地骂了几天。

到了这个新年之后，这个老年人却殷切地想起来他的孙子，一直两年里，他从没有向别人说过一句，就是到现在，若是有另外的人在他面前，他也许仍然能忍得住一声不响。实实在在地他却是深深想念着，至少在这样的日子，若是沙夏还在这里，就能早早关好了门，把一切该做的事情都做完，他自己很可以什么也不管，舒舒服服地睡到床上去。

但是现在呢，他想想，自己摇着头。

时候是不早了，对面的店铺连灯也关了有半个钟头，他只好站起来，摇摇晃晃地向着前面走了两步，可是突然间，一个人闯进来了。

“是哪一个呢？”他在心中想着，他的眼睛可实在有点看不清。若只是说因为他是老了，目力有点不中用，那也不是尽然的事；倒是为了多喝点酒，才更模模糊糊地看不清楚什么。

他把手掌抹着眼睛，那个走进来的人用洪亮的声音嚷着：

“您真是老了，老爹，看不出来我么？”

接着是一阵粗野的笑，来人的脸更向着他凑近一点。

这他看得出来一些了，那是一个像肥大的南瓜一样的脸，长着连腮连鬓的胡子，鼻子却像悬着的一个红椒。他记起来了，他叫着：

“亚利赛，是你吧，有一个多月没有到我这里来了。”

他高兴着，自以为喝了更多的酒的样子，用短促的声音谈话，故意把手战颤着拍着来人的肩头。

“前两个星期我不是到您这里来了么，您的记性可真有点不好了。”

“记性并不差呢，必是——”他说着，停了一停，摇着脑袋的“必是多喝了点酒。”

说完了，他抬起眼皮来望着来人，可是那个人却像钉着他年前买进来的一顶花帽，对于他的话一点也没有注意。

他故意歪斜着身子，撞到那个人的身上，又重复着一句：

“昨天，我多喝点酒！”

“啊，老爹，怪不得您醉成这么个样子，真要是跌下去倒有点麻烦呢！”

亚利赛扶着他走向里面去，把他安置在他常坐的椅子里，那个人自己也检了一张椅子坐下。当亚利赛坐下去的时候，他那肥胖的身躯，把那张椅子压得叫着。这他可清清楚楚地听到，他几乎从他那椅子中跳起来，但记起他还是醉着，只好忍住了，只是在喉咙里哼哼两声。亚利赛立刻又站起来，从墙角拉过来一张粗笨的椅子坐下去。

“你好么，过了这个年？”

老年人用着迟缓的语气向着来人说，他和这个人的父亲（也是一个肉商），是很好的朋友，所以他就可以对他说话如对着自己的儿子说话一样。

“唉，还过得去，总是不如从前的！”

亚利赛叹息着，把两只手不住地在自己的肥大的肚子上抚着，只要看到他这个肚子，就容易使人知道他的操业。

“可不是，都不行了啊？”

老年人也感叹着，仿佛这整个的世界，在他们的眼睛底下，就如同他的所有物一样的陈旧，而且还是离开毁灭的一天，已经只有很短的距离。

各人都有着深厚的感慨，都自己在心中想着如何使这世界重有先前光辉的日子！因为知道这是多么不可能，便都叹息着。他看着那个肥硕的身体，想到当他在壮年的时候，亚利赛不过像一只狸猫那样大，在母亲的怀中号哭；（这时候他又记起来，他还是亚利赛的教父呢。）现在肥得像一条黄牛，简直使人有点不敢相信了。可是这个世界呢，不也是变到使人不敢相信的地步么？连尼古拉王，都被杀了，被那些乱党杀了；那些乱党还一直统治着整个的俄罗斯，到现在还是他们，像这样的事能使人置信么？像他自己呢，虽然一向是远离乡井在异地经商，却也是俄罗斯大帝国的好公民。三年两年之间他就要回到他的祖国的怀抱之中一次，在那里，他感觉着一切的温暖与快慰，那一望无垠的原野，和飘在原野上的风，载了花的香气，草的香气，还有土壤的香气，像是给他重生的力量，苏息他远年在人生途上的困顿。他看着那些豪华的贵族和大地主，但是他从来没有一点怨愤，在他们的骄佚的生活中使他看到了更大的世界，而且他以为他们的享受是一件十分公允的事。但是那些乱党毁了一切，又使他失去了再踏上故土的机缘。他独自诅咒着，（有和他同一的遭遇的友人来了，便一同怒骂着，）他发誓不张开眼睛去看那些叛者的游行；但是时时地他却想起了那原野，在原野上飘着的风，还有卷在那风里的香气。他怀恋着。低下头去，用无尽的诅骂泄着在胸中激荡的怨愤。甚至于有着大的企图，想到了自己的年岁，就又把那雄心消灭下去。他自己绝望地想着！“在我和死亡相遇之前，将永远不能回到我的故土了！”

在这一阵沉默之中，他们是各自低下了头，好像这是将无穷尽的下去，谁也不知道说一句什么话才好。最后，却是他的一声大的叹息，才惊醒这凝住了的境况，各自记起来是该有点什么话说下去的。

挺了挺身子，扬着两只粗肥的手臂，亚利赛恣意地打着呵欠。然后擦去了从眼睛里挤出来的泪水，突然间像想起来什么十分重大的事件似地从坐位上站起来。

“老爹，我有点东西带给您的。”

他一面说着，一面把那肥胖的手在衣袋里寻着，他像是很兴奋，但是他失败了，在衣袋之中他什么也没有拿出来。

看见了他像是漠不关心地坐在那里，他就说：

“那是关于沙夏的——”

这可引起他的注意了，他立刻问着是怎么一回事，是不是有什么信带了来？再三地要亚利赛仔细地找一遍，他用低一点的声音说着，他是愿意知道一点沙夏的消息的。

为着搜寻，亚利赛的头上竟有着汗珠，（这不是因为因工作而出的汗，却是气急才出来的。）他把衣袋的底层几乎都翻转来，把那里面的手帕，钱袋纸烟之类都拿了出来；但是他还是没有找到，涨红的脸，突起的青筋，如牛一样地喘气，使得阿克索衣诺夫老爹也觉着十分过意不去。虽然心中更迫切地想知道关于沙夏的消息，却也这样说着：

“坐下歇歇罢，也许忘记带了来，没有什么关系，我是不在乎的，唉，沙夏那个孩子，也不是一个听话的好孩子。”

亚利赛觉得十分抱歉地，摇着头，用手绢擦着脸上的汗，他是预备坐下去了，可是突然间引起他的记忆，就用手在长裤的后面的袋里，摸出一张剪得不十分整齐的一方印刷品。

“这就是了，老爹，我真怕丢了，好容易才检起来的。”

亚利赛高兴得几乎哭出来，把那方印刷品送到他的手里，那上面是有着一个铜版肖像，下面还有两三行英文的说明。

“您看，这不是沙夏么？有多么漂亮，我就知道这小伙子必会惊人的！”

他仔细地望着，虽然肖像上的那个人是梳得光光的头发，穿了绅士的礼服，他也一下就看得出来，那就是二年前离开了他的沙夏。

“他的神情可真不差，眼睛是那么有神采……”

这他可是只在自己的心中如此想着，并没有说出口来；而且这时候他觉着自己的嘴是变得笨了，（还好像有一点发着抖，）就是想说话也许一个字也不能说出来。他像钉住了一样地望着那个肖像，那眼睛里冒着年青的神采；他的心为欣悦塞得满了，他的眼睛里一层一层地蒙着眼泪。他的手，微微地战颤着。

许久之后，他才很吃力地，嗫嚅地问着：

“你！你，知道这下面说些什么话？”

“我怎么能懂英文呢？今天我还问过两个顾客，他们也不懂。”

他点着头，可是并没有把眼睛抬起来望着，当着亚利赛说话的时候。

“你是从那里找来的呢？”

“这是我从旧纸店买来包牛肉的，您不记得我总要用不少旧报纸么？从前沙夏，就常欢喜到我那里去检着画报。有一天一个老妇人到我那里买了一‘分得’①的小牛肉，顺便拿了一张纸包给她，就看见这张像。我又拿了另外一张给她包好，留下这张来，总想着给您送来看看，沙夏这孩子一个人在外面，倒像是都很好的。”

“也不见得吧，”他故意又把他的倔强显出来，“也

① 一“分得”之重量等于英镑十二分之十一。

许他是犯了罪的囚犯。”

在嘴里这样说着，心中却一点也没有这样想；为了在一个别人的眼前，总是要露出来他永远不会宽宥沙夏的。

“不是的，他一定还是自由地，高兴地生活着。上帝保佑他这好心的孩子。”

亚利赛庄重地在胸前画着十字，于是就向他告别了。他再三地说着道谢的话，把亚利赛送出门外，勉强地自己把门上了锁，关了电灯，摸摸索索地走向自己的卧室。

那晚上，虽然是很快地爬上了床，并没有立刻睡着。他左一次右一次地看着那张肖像，因为握在手中的时候太久了，已经有着更多的绉褶，他把它舒坦地用手展弄，放在眼前看着，一直到他的眼睛因为过分的酸痛流着泪，他还是强自睁开望着。那张肖像起始成为灰灰的一片了，他再也看不出那里是沙夏的嘴和鼻子，也看不见那光光的头发，他只得熄了灯，闭起眼睛来。

这样子他好像是忘记了自己的眼睛是张开或是紧闭，因为他看见了许多许多沙夏的脸在眼前闪动，他的耳朵也仿佛听到沙夏在叫着他的声音。虽然是那么疲乏了，也是一翻身就爬起来；但是他立刻就知道了，这整个的房子里，只有他这么一个年老的人和一堆堆破败，老旧，无用的物品。

他扫兴地又躺了下去，渐渐地睡眠把他埋下去了。

从此他就总是把那张肖像，放在身旁，每一个顾客来的时候，他就拿出来请求他们替他看一看那上面说了些什么。他在一傍一定也絮絮地说着沙夏是什么样子的人，有多么好，曾经怎么帮过他。他还要说沙夏是顶听话的一个孩子。遇巧有那旧的主顾，（在他的记忆中却是早已忘记了的，）就会问着他是不是那个他以前时常骂着“懒惰的猴子”的那个年青人？这就使他觉得一点窘迫了，一阵子不知道说什么好，就又把话转到生意上去。

被请教的人也多是红着脸，摇着头，没有能给他满足，在白俄之中，知道法文的比英文更多一些。还是一个曾经在皇家音乐院奏演口技的希洛夫，靠了卖艺糊口，流落在欧美许多年，为他说出来那上面的字。还说着，在美国，曾经遇到过沙夏，他的那条好嗓子为那些美国人所折服，已经娶了妻，那个女人还是旧俄时代的一个郡主。他是流着眼泪听着希洛夫说着这些话，他热情地拉着他的手，希望知道更多一点的事情；他还说如果若是不嫌弃的话，他可以请他喝点渥得加的。可是那个希洛夫却道着谢，说是因为有另外的约会，便和他告辞了。

当着希洛夫走了之后，他忽然懊悔起来，他想该问明他的住处，因为是可以再去和他谈谈关于沙夏的事。他很想多知道一些沙夏的近况，但是他却在料想中能确定地知道了：在前年的晚上沙夏是能喝得烂醉的。

为这好的信息，他高兴着，他幻想着成功的沙夏是多么快乐，有多少美丽的赞颂在等着他，使得他的精神上有着光辉的装饰。他的家族，也该为人注意到了，提到他自己，沙夏就要这样说：

“我的老祖父，——”

沙夏要用什么样的字句来形容他呢？是不是要接下去说着：“一个十足顽固的老头子啊！”

他这样想着，就不可忍地烦燥起来，他想着沙夏能这样说的。在离开他的时候，沙夏不是明明地用“破旧的雰围”来说着他的一切么？那么不就是很容易说着他也是多么腐旧的一个人，要永远把他关闭在那陈败的环境之中，甚至于不许他自由地喘一口气。要他成为十九世纪的少年人，死板板地，从来不知道使他去度着快乐的青春。——

想到这些，他的眼泪就流下来了，他可以以他的老年来对天发誓，他是那么爱着沙夏的。他比每一个祖父爱着他自己的孙子还要多，但是他可看不过去这个世界，沙夏能明白他么？能知道他是那么疼爱他么？

这么些天，只是沙夏的影子在他的脑子里转。过分的思虑，使他感觉着疲惫了。不是么，他已经是那么老了，他就只该静静地活着等候末日的来临。他已经知道了沙夏活得很好，那么他也可以不必去多想了。只要不带给他的名子以耻辱，还有什么要过事忧心的呢？

他缓缓地转动着身子，看着那些堆在地上的，挂在墙上的，塞在木架里的一切货品，对他是那么熟稔的，都像是带着友好的样子说给他："歇歇吧，老爷，我们是都该休息了。"

这几乎是只有他一个人所能听得懂的语言，他点点头，摸摸这样，动动那样，他的心又感到平和的愉快了。心中想着："买点肉肠，喝点酒吧！"

外面又黑了下来，夜在一口一口地吞噬着残余的白昼，太阳已无力地沉到地的下层去了。

虫　蚀

靠近了外滩的马路上，都是高的建筑，这样子，把夹在两排建筑之中的街道显得是更窄狭，抬起头来望上去就只看得见一个细长的天，（这天有时候是青的，有的时候却成为灰暗的。）而爬来爬去的，则是一群如甲虫一样的汽车。

在夏天，行路的人在这样的街上走着，会觉到难得的凉爽，从江边吹过来的风，一直能把人的衣裾飘得高高的；可是到冬天，风是更寒冷，更猛烈；身弱的女人很容易就被吹得跌在地上。

这样的街上，有的每日是很难得见着太阳。在早晨，这面建筑的阴影落在那面的建筑上；到下午，那面建筑的阴影又落在这面的建筑上。只有在正午，阳光才能照满了这深沟一样的街；可是只有那么短短的时候，遇巧会有一片白云遮了，于是，又成为永远盖在阴影下面的街道了。

这样的街道上可并不冷静，塞满了每个窗户，每个电梯，每个行道的多是有身份的人。大的建筑里一小间办公室就要有二百两的租价，所以在这里面的，都是经营着大企业。而且都还像是很成功的。这条街上有德国颜料公司，美国机器公司，国家银行，水灾救济会，……还有那么许多的公事房，挂了不同的招牌，除开和他们有直接的关系，是很难知道在作些什么生意。在上午的八点半钟，中午十二点和下午五点，街上都是人，仿佛两傍的建筑如果不是那么高壮，那么伟大，就会被人群挤倒了似的。

坐在一路电车里，慧玲的心像是比这跑着的电车还要快上几倍，一直飞到办公室去了。从住的地方到了路口等电车，那时候就已经是九点，过去了两辆因为人满不曾停下来的电车，就又是五分钟的时候，终于来了这一辆，因为是女人的关系，她是占先地跨上了车。但是那时候，当她为了怕因行进的动摇而倾跌，用手拉了悬着的藤圈，顺便就看到了腕表已经是九点八分钟。因为看着表，也没有注意到不知那一个乘客让给她的座位，就莫知所措地道着谢，坐下去了。

“这可怎么办，又晚了！……”

她的心中往复地这样想着。其实若是迟到就算告假，月底照扣薪水那倒也没有什么，只是那个人，长了一张大肥白脸的，又要借了原因来说三说四了吧。

她的焦急也没有什么大用，在白渡桥口，电车又为巡捕的红灯阻止了。她眼看着所乘坐的车是停在这里，仿佛至少还要有一分钟的耽搁。她想跳下车去走了，但是随即想到那没有用，除开耐耐性子等在这里，没有其他的好法子。

到南京路口的停站，她快快的走下来，遥遥地就看到了海关上的时钟，已经九点一刻。

她就用了急促的步子走路，在走向西面的行人路，穿过这一条跑着汽车电车黄包车的马路的时候，她的脸仍然是红涨着。她有着乡间人才到上海的不安，因为一失神，把从电车上找回来的铜元都散落在路上。她想拾起来，又好像觉得有许多人望了她。像是有点难为情。而那杂乱的车辆，也使她深深地怕着。她毅然地不要了，继续着她的路，又像是听到路人的窃笑。这使她的脚步愈走愈快起来。

转了一个湾，就走到矗立了有着她每日要去里面办公的那座建筑的街。这条街，从东面就吹着坚劲的风，在初冬，是寒冷的风，吹透了她衣衫，还使她打着冷战。可是前面就是那建筑了，灰暗，破旧而庞大的。虽然只有四个月，她已经起始怕着这座古老的房子；可是每次当她远远望见了，又生着欣喜之感。她不只是怕着那单纯的工作，还怕着那种非人的待遇，不是被人看成一点用处也没有，就被一些更可厌的人围在身边说着无聊的话。而近来，更有一个居高位的，只知道一加一是二的一个美国留学生，把图她的野心逐渐地露了出来。所以她怕着，可是在每日清早起来辛苦地奔波一程之后，远远望见了那建筑，知道立时就可以得着些苏息，她的心中又自自然然地有了一点欣喜。她把脚步更放快地走着，进到一个弄堂一样的甬道，便在电梯口那里候着了。那隆隆的声音，那墙上附着的一些灰尘，都立刻引起她灰暗之感，她那整个的心，又为烦厌重重地压着了。

她的手握了皮夹在那里呆呆地出神。她想起她的那个人，她想着他不该昨天走得那样晚，所以今天没有起得早，她又想着为什么这早晨他不来送她到这里来呢？她愿意他到这里来，给这里的一些人看，尤其是那个有着肥白脸的人；她有着一闪之念想了如果她的那个人有好身分也有好事业，她就定然不再来奔波着了。

但是她立刻觉得自己的不是了，他不是每日很努力地工作着么？虽然现在他们都在受着苦，可是他们已经把希望放在将来的生活上。将来的生活必然是快乐的吧！一年，两年，三年了，都是这样子，到十年，二十年，三十年……

在这时候电梯已经下来。在她的面前打开了门，那声音惊醒了她的思想，她就走进电梯的里面去。

那电梯像一个永远在喘着的年老人，颤颤抖抖地总是发着特别隆大的声音。可是在速度上，却比任何一个都慢许多。到了停在五楼的那一层，从里面走出来，看看自己的表，是九点二十分。她想放轻一点脚步，可是在洋灰砖的行道上，却像是起了更大的回音。她终于就在放在门前桌上的签到簿上写了自己的名子和时刻。

她低着头，坐到自己的座位上去。坐在对面的一位李先生向她打着招呼，她也微微地点着头。

桌上的文件已经堆了三四份，她就拿起来先慢慢地展阅着。

她没有多少工作，就是所有的工作也只是一点抄缮的事情，再有就是一些顶容易的计算。像这些事，一个中学出身的人，已经可以做得很自在；可是她这在大学中曾经读过《经济思想史》《中国关税问题》《高级统计学》的一个毕业生，却又只分派做这一点简单又稀少的工作了。当然是，在请了一位女职员，不还就怀了如加了一个瓶插一样地点缀着客厅的心念而已么。没有希望过给她们繁重的工作，同时也深深地以为，她们也永远不能完成一件较重要的工作。

她坐在那里起始她的工作了，才把钢笔放到墨水瓶里，就觉得像是有一个人朝着她这面走来。她想得到这是那一个，她就更不敢把头抬起一点来，她故意装成查看笔尖附着了什么样的污物。她知道这一定又是那个肥白的脸，像是曾经在水中浸了四五天，长着浓黑眉毛的。她也知道他的头发每大梳得如何光滑，那两只眼睛如何细得像两条线。她还知道他是每天要换一条领带的，身上洒着怪香怪气的香水……这一切都朝她这一面逼近来。这在从前，她是立刻可以闪开身子逃掉的，可是现在却不成了，虽然没有桎梏锁了她的手脚，像是她的一大半的自由已经没有了。

她的心在打着战。

“朱小姐，你今天又迟到了!”

他是说着不成腔的国语，那声音像是用长了指爪的手在搪磁的器皿上搔着那样难听。不只是一种不入耳，还要使人觉得牙酸。可是他把话带了一点严重性，使她不得不硬着头皮来回答着。

“是的，昨天晚上睡迟了，早晨没有起得来——”

“昨天朱小姐迟到，主任就问了起来——”

“唔，唔，——”

“请你以后加点意才好。还有，你下午每次都是晚来的。”

“那因为我住的地方太远，又不大方便。”

“若是在这里包饭不也很好么！我们都是在这里吃的，如果你不反对，就算上你一个吧。”

“慢点，我想，我想，我赶快点就是了。”

“你不知道主任对于迟到很注意，——”

她木然地只知道点着头，

“本来也是的，一天没有多少办公时间，真不该再来迟——"

"……"

"……"

她分不清楚他的字音，她知道他在无尾地说着，一串无尽的叽咕在她耳边嗡嗡地响着。她的手还是握了笔，可是没有能写下来一个字，也没有听见他的一句话。在这时候仆人来回着：

"朱小姐，您的电话。"

这使他不得不暂时停止了，转过身子走去。一些把眼睛向了这面望着的人，仓促地把头低下去。她从座位上站起来，到外面的电话间，在走着的时候，望到他那肥大的后影，和弯起一点来的背部。

"你是谁呀?"

"玲玲么?"

她听得出这是那一个人的声音，她有着像受了委屈的孩子见到母亲一样的伤心，就仔细听下去：

"九点五分我打过一个电话给你，可是你没有来。——起晚了，昨天我不该走得那么晚。——我又遇见上次那个人接电话，他是一个没有理性的野兽——自然我是看在你，要不我不会把他看成人的！——你觉得疲乏么?——午饭的时候要我接你来?——好，我一定来的。——再见吧，玲玲。"

她懂得那个肥白脸的人为什么时常把粗暴的话从电

话里说给他听，她只觉得他是太可笑，像这样无来由的忌妒很可以收敛起来一些的。

事实上他是不会这样子做的，当她再走进房里去的时候，老远地就望到了他的眼睛在瞪着。那一对眼瞪起来正像枣核的样子，恰足以使人觉得更可笑。她匆忙地走着，不敢再朝他看第二眼，就到自己的座位上坐下。

她提起笔来开始她的工作，更简单的事使人更觉得单调。但是她不得已，只能低了头在那里做着。

对这职务，早就有辞了去的心愿；可是因为一时间不能有其他适当的职务，同时又感受过没有一点事空空过着一整天的苦痛，使她就只有容忍着。而且已经离开了学校，不便再向家中求供给，这薪水，虽然是少得不可想像，也可以算做自己的一点零用。在这么一个大都市的里面，就是说一个人的零用，也显着不足呢。但是她自己仍然朴质，她还有朴质而单纯的心。

时候是快到十二点了，她时时看了腕上的表，再看着悬到那里的壁钟。她自己的表对着那个拨准了，细心地在看着那秒针慢慢地转着那个圈子。她听到外面像是有了男人脚步的声音，她想披了外衣走出去；可是看到其他的人还没有一个站起来，就自己又按捺住了。听见了海关的钟声，就匆匆忙忙地把外衣从衣架上取下来。她想得到那些人该怎样为她的举动所惊讶；可是她什么也没有顾到，只顾到来在客厅里等着她的那个人。

她推开门进去，果然看到是他在那里，相互地微笑着，她娇娇地说：

“我早听见你来了。”

“那你为什么不早点出来呢？”

“怎么好意思，别人家都还没有动一动，这我还是第一个跑出来的呢。”

说话的时候，她仿佛看到了从办公室出来的人经过这里，面朝这里望望。他们一齐背了身子，看着窗外，窗外是高低不平的屋顶，有方的也有圆的。阴霾的天，把景物衬成乌暗的了。黄浦江的轮渡，正叫着尖锐得可以划破天空的哨子。

“真讨厌，又是阴天！”

“江南到冬天，反倒更多雨了呢！”

“我可喜欢北方，我总舍不得离开那里，——”她像梦呓似地低低说着。“下午要是下起雨来，我还要你来接我。不要忘了啊，听见么？”

“就是不下也要来的。”

“那何必呢，多跑这一趟，还不如赶快到我的住处去等我好。是不是？”

“再说吧，我们也该走了。”

“我想他们也都走干净。”

于是他们走出客厅的门，朝了电梯口走去；远远地就看见那个长着肥白脸的人站在那里。

极不自然地他们打着招呼。

“停停再走吧。”

她低低的说着。

“那怕什么，他还敢怎么样!”

“不是这样说法，小人是最好远避之的。”

“不要紧，要知道他是小人就好了。”

他们仍然走着，到了电梯口的时节，正巧那电梯到了，也没有等候就走到里面去。

那情形是有一点窘迫，他们不便再随意地谈着，只是默默地使那电梯把他们送到一层。

像逃出了牢笼似地，她自在地吐出一口气。她抬起头来望望天，虽然只是灰灰的天色，也像能给她无限的重生之力。她真不想再到那样的地方，那厌人的环境和厌人的嘴脸；可是除开她自己想过的一些不能离去的原因，她也难得向他来说的。因为他是那么看重了工作，他自己对于工作也是那么努力着。为了工作有时候损害了他的健康，可是他还是有那么大的勇气，从来没有说起自己是疲倦了。

他们一起走着，有了他的时候，她什么都可以不怕，就是在过街的时节，她也不像每次那样红涨了脸，只是紧紧地拉拢了他的手臂。走上电车的时候，他也会为她隔开了别人的拥挤。

下午，因为怕再迟到了，结果是早来了半个钟头。

她走进去，那个肥白脸的人就立刻赶过来接着她才脱下来的大衣；可是她却摇摇头，道了谢，自己走去挂在衣架上。他的脸，立刻变成如当日天气一样的阴沉了。

在她才走进来，他们四五个人是正在说着什么，到她进到这间房子里，他们就停止了话头，呆呆地坐在那里。她也感觉到很不自在，就一个人又闲踱到外面的甬道中。

像和许多陌生的男人在一起，在她真还是十分难得的。她不懂得如何靠了自己是一个女人来占男人的便宜；可是她也不知道如何处身于现社会之中。她只有好容颜，为一些人所惊叹的好容颜；所以在才来到这机关里，就有主任看中了的谣传。可是，事实上是那个已经有了三个女人的主任先生，是再没有这力量了。在注意着她的是其余的一群人，尤其是那个肥白脸的男人，主任下的第一个高位置的人，像是有着难遏的野心。

闲立在甬道中，她听到有人叫着：

“朱小姐，到客厅里去谈谈好么？”

听这声音，也用不着转过身子去，就知道是哪一个人了。其实，她就可以说：“有什么话就在这里说吧，”可是为了不知道该如何说才好的原因，就只会点着头答应着。

“今天的天气可真，——真不好。”

才坐下来，那个男人就说着。因为是说惯了好天气的，遇到这不好的天气，说起的时候就觉得有一点不顺口。

“唔唔，”

她只是在那里答应着，无措地自己搓着自己的手指。可是，她又想起来这也许是不合礼貌吧，就把两只手叉了放在膝上，还是以为不适宜，就像小学生一样地分放在身体的两傍。

“上次的聚餐你没有去——”

“是的，没有去，有点别的事，很对不起。”

“倒没有什么关系，不过是主任问起过一声来。”

“我也忘记说了，那次的餐费该多少？”

“既然没有去，当然是不必化。这次主任又要到南京去你知道么？”

“那我还不知道，不知道。”

“就是三五天里，到南京去见局长，要商量点增减员工的事。”

那个人故意把后半句话说得重一点，说完之后，望了她，像是等着她要问什么话。

她仍然是漠然地坐在那里，心中在想着：“他和我说这些话有什么用呀。”

“所以这里的同人想来在今天晚上欢送，在××饭店。”

他把一张签名单送过来，那上面已经写了一些名字，她接过来看看，像遇到什么奇异事情一样，她用了提高一点的声音说着：

“还要跳舞么?”

“对了。”

“那可不成，我不会。”

“怎么，在上海住了五六年，连跳舞也不会么?”

“是的，没有学过，一点也不明白。”

她的脸红起一点来。

他诧异地看了她，像是说：“你这样漂亮的人还不会跳舞么?”

“那也没有关系，到那里也就是坐坐谈谈。”

“明天还怕有别的事情——”

“不必推托吧，朱小姐，我代你签上名。”

“也许我不能到，——”

虽然是这样说了，可是心中却想起来不知道在那里得知的过于固执在社会中是行不通的一句话。而且这一次，想起来说不定有着切身位置的关系。

这时候，钟在敲着两点了。他们一齐站起来，向着办公的房子走去，当着走进门的时节，多少眼睛都在钉了她，那个男人显了得意的样子，可是她却不自主地低下头来。

她这样的举动，或是很容易引起不宜的误会，其实就是当她一个人走进来这间房子，也不能像荡女式的社交明星，昂了头踏着舞意的步子的。

她默默地走回自己的座位上，使人头痛的工作又将起始压着她。什么不在压着她呢，连这空气也是使她头痛的。一时间她想起来不该为这区区之数而化去了这许多精神，这许多时间。可是她又时常记起她那一个人的话，就是说："我们现在的忍苦，就为了将来快乐的生活。"但是现在所过的日子，会把她的脑子磨成平滑的；没有一点曲折；也是能把她那在人群中向上的勇气消磨殆尽。这里不是靠才能的，这里只看各人的来头和逢迎的工夫。

"难道整个的社会就都是这样么?"

她自己问了自己。

虽然是已经踏入了社会的圈子，对于这社会，她仍然是迷惘着。她的心中常常想了像这样的社会，就不能被打毁，或是加以改造么？当着每一个人从幼年到了成年，得了相当的教育，怀着一切高尚的理想，跨进社会，想来给社会以重新估价的，慢慢地却为社会的一切紧紧包住了，不能再动一动。虽然一切的腐败，一切的劣点都在眼前展列着；可是手和脚是不能动了，连喊一声的力量也没有，只有低微的叹息了。这样的社会仍然屹然地存在这里，张开了庞大的嘴，等着吞食这些尚有火气的青年。

她知道她自己就是这样的青年之一。虽然是知道了，也有不能自已的力量。像是陷身于软泥之中，不知道要怎么样才能自拔起来。

在想着的时候，她是用手支了腮，眼睛呆呆地望了窗外。窗外是下着雨了。那雨是油腻腻地飘着，像是有一两点飘到她的心上，就那么附着了。她想拭了下去，可是没有能够，她的心是那么阴沉着。

她像要嘘尽胸中的积郁似地长长地吐了一口气。

这时候她知道那个长着肥白脸的人又走向她这面来，他仿佛一直是拿眼睛钉了她，看着她的一举一动。这次来他很体贴地问着：

“朱小姐，你有什么不舒服么?”

“没有，谢谢你。”

她把脸抬起来一下立刻又低了下去，赶忙拿起笔来，匆匆地抄着放在那里的文件。

她渐渐地觉得有热的口气吹到她的脸上，不舒适地发着痒，她的脸灼红起来。她知道这是那个人故意低下头来，她只能慢慢地把头移过一面去，可是他也随着她在移动。

“朱小姐写得一笔好赵字!”

他心不在焉地说着。

“赵什么?”

坐在她对面的那个人故意地问着。

“赵子龙，不是，赵子良……”

他直起一点身子来说，可是所有听见的人都哈哈地笑起来。被笑着的人脸是更白了，白得像书家用的玉版宣纸。

“赵飞燕，……”

“赵匡胤，……”

窃窃的私语在四周响起来，他愤愤地咬了下唇，用较重的步子走回去。

一切的声音，随着就息止了。

到下午五点钟，一群关在办公室里的人又像得了恩赦似地从里面放出来。她才站起来，那个有肥白脸的人就把她的外衣取过来，给她穿上。

“我送你回去好么?”

他极力管束着自己的声音，装成彬彬有礼的样子。

“不，我的朋友来接我的。”

她说完了，就朝着客厅走去。高高兴兴地推开了门，可是那里面没有一个人。一时间，她几乎想哭出来，又慢慢地关上了，独自向电梯口那面走着。

“雨天真讨厌啊!”

那个人在她的耳边叽咕着，虽然她没有抬起眼睛看他，也知道他必是露了一点得意的样子。

她不说话，乘了电梯下来，就在那出口的地方站立着，正巧跨进了汽车的主任，看到了她，就邀请她坐到汽车里去。

“不，不，谢谢你。”

她还在摇着头，主任笑了笑，举起一下帽子，那汽车就向东面开去了。

这时候，那个肥白脸的人也把自有的小奥斯汀从车房里开出来，在她的面前停住。他还走了下来，又来说着：

“下着雨，你的朋友也许不来了，车子也少——”

他还没有说完，她就看见她所等候的人从街角上转过来了。他的手中像是拿了些什么，急急地向着她这面来。因为平日的短视所以还没有看见她是站在那里。那个肥白脸的人，望到来人，就不再说话，独自又钻进那矮小的汽车里，立刻就驶去了。

走到近前，他才望到站立在那里的人。他连连地说着：

“你等了半天吧，我没有赶得及。”

本来对他之没有能守时刻，是觉得一点恨的，可是听到了他的话，却又以为不该把忿恨给他看。

“——我把你的雨衣拿了来。”

他说着，打开了手里的纸包。

“怪不得你晚了，你真也想得到！”

她高兴地接过来那件浅绿色的雨衣，披在身上。

“——这里还有你的一双套鞋。”

“啊，你，——”

像是她找不到适当的话来说了，赶快穿了起来。

“我的伞呢？”

“就分用我的一半吧。”

他指着拿在他手中的黑绸伞，他并没有放下来。

“好了，我们走吧。”

她像一匹小猫似地溜到他的身旁，用手把了他的右臂，盖在一张伞之下，起始走着了。

其实是早就知道的，可是在望了他的时节像是又想起来一番，那就是他的身子一天一天地衰弱下去的事。她知道他每天晚上最早是两点钟才睡，他总是努力着自己的工作。在工作之外他还自己读着书。这样看了的时候，她就看见了他那显得突出来的颧骨。还有那围了一圈青晕的眼睛。

“你还是那么晚睡么？”

“唔，不然就做不完一天的事。”

“以后每天早点离开我那里，就把时候能匀出些来多睡睡。”

“可是——”

他像是有难以说出来的话，呐呐地只说出来两个字。这时候有一部公共汽车在离他们五步的地方停下来，他们就走上这辆车子。

冬雨把寒意更浓重地带了来，回到了她的住所，她即刻就加上一件绒衣。

“等一会你就可以走了。”

“我不愿意这么早就离开你。”

“你不该多睡一点么，再说我——”

“你还有什么事？”

“局里今天公宴主任，少不了我要去一次的。”

“不是可以不去的么？”

“这次为那个人强我签了名。”

“就是那个人么？”

“不是他还有谁！”

“不要去吧，我不愿意你去。不愿意你和那样人在一起。”

“就是去也不是为了他，一次两次不到，主任该特别留意起来。”

“管他那些个干什么？”

“怕影响了事情呢，我们不是再也不仰承家中的鼻息了么？”

这警惕地使他想起来，他不能再积极地阻止她了。

“在什么地方呢？”

“××饭店。”

“还要跳舞么？”

“大概是，我不会，想着没有什么关系。”

“其实照过面转身就溜掉也是好的。”

“我一定早些回来，你放心吧。”

“那我就走了，时候已经不早，你该去梳洗一下子。十点钟总能回得来吧？”

“我想该能回来，你不用再来了，那么晚，明天早晨给我打电话吧。”

说着再见的话，他就走出去了，她突然又赶了出去叫着：

“喂，还有点话跟你说——”

待他走回来的时候她又继续着：

“不要把雨淋了头发，睡的时候多加一条被子。”

“唔，记住了。”

他高高兴兴地走了，寒雨湿漉漉地吹到脸上来。

转到了大路，一辆小汽车迎面开了来，急行的车轮把泥水溅到他的身上，几乎要骂出了口的，却又忍下去了。

那辆小汽车在她的住所前面停下来，钻出一个男人，在和女仆说着，想来见朱小姐。

女仆仔细地望了他，看着他那肥白的脸，便问着：

“你贵姓啊？”

“姓马，她一定会知道的。”

女仆进去了，守在那里的男人，就了玻璃窗整着领结。光滑的头发，衬了硬而白的领子，穿了入时的礼服，如一个男装展览中的雇用者。

她用较轻的脚步从里面来了，远远的看到了电灯下他那肥白的脸，就知道是那一个，待要退回去，早为他看见打着招呼了。

“朱小姐，今天淋了雨吧！”

“没有什么，多谢你。”

“时候已经不早，该去了呢。我是特意来接你一路去的。”

“我想——”

想着找出不和他同行的理由，可是已经不可能了，脸急得有些红起来。

“就一齐去吧，路是远的，下着雨，黄包车会污了你的衣服。”

“那就请你等等吧。”

在三两分钟之后，她穿好了衣服出来，走进他那仅有两个座位的汽车。那个男人纯熟地运转着，当着向左面湾的时节，她极力撑住身子不要偏到那边去；可是到了向右转着湾，他却故意地更把他的身子挤向这边来。她又是只能忍着，后悔着不该见他，想想那时若是要女仆问清楚就好了。可是追悔是没有一点用，她恨着自己。

到了那饭店，她急急地走下来，可是他把车停到路傍，立刻赶到她的身边。守门的仆役，露了和蔼的笑，接过去脱下来的外衣，就放在一起了。她想说一句什么话，又没有能说出口，只好随了他再走进去。

这里对她是生疏的地方，从也没有来过。华丽的屋饰和光耀的灯在使她觉得一点头晕，而那光滑的地板，使她在走着路的时候，永远不敢放大了步子。

他们走向那一群同事之中，平日都是那么看得惯的，这晚上都不同了。那一群人也把眼睛向了他们望着，觉得一点惊奇；而那个肥白脸的男人，故意显出他的骄矜来。

他们招呼着，然后都就坐下来。

这里有这么多发亮的东西，照了她的眼睛，刺了她的神经，她觉得自己说起话来是那样的不自如，笑起来也不成样子。她是有些失措，不知该怎么样才好。那像鬼哭的音乐又起来了，她真是觉得起坐不宁了。当着那被欢送的来了，旁人站起来，她也站起来，可是她又想着不该那么快坐下来，又站了起来。但是随着大家又坐下来。她仿佛记得吃了一餐饭，她随时都把眼看了旁人，而那个肥白脸的人三番五次地献着殷勤，把一些东西送到她面前。有些她真是不喜欢要的，可是又不大好意思拒绝了他，也就留了些。在吃着的时候她没有能细细地咀嚼，很快地就咽了下去。她早就起始感到不舒服了，可是她还只能容忍着。

后来那个肥白脸的人来求过她的合舞，她回答着不会，这是真话；可是那个人又说跳舞顶容易，只要试上一两次就可以，而且他就可以把她教会了。“那么来就来吧！”她自己想了，她就站起来，那个男人抱了她的腰，拿了她的手。她想缩回过来，可是又晚了。她几次把脚踏到他脚上，还有几次几乎跌到地板上去，那个人拉她起来，一个影子在她的脑子里一闪，她就想着：

“他自己现在做些什么呢？”

可是一声大鼓立刻把她的想念震破了，细长的铜喇叭正朝天响了怪调子；她是昏迷迷地在那里转，一些人和一些柱子都在她的眼前旋动，当着音乐停了，她的腿差点软下去，那个人扶了她走向座位上去。

她实在不能支持了，她的头伏在桌上，有的问她：

“觉得难过么，朱小姐？”

“还好，还好。”

在说完了的时候她就抬起头来，像是有一群金色的星星，在眼前浮动，随又疲惫地垂了头。

到从那里出来的时节，为夜风吹了，她才觉得一点清醒。原想叫一部车子的，伴了她的那个人又说着还是由他送回去吧。

天还是下着雨，啊，不是雨了，是细细的雪粒。

她只好又坐到那小汽车的里面去，夜是更寒冷了，她拉起来衣领。十字路口的红灯的光寂寞地照在地上，日间的喧闹像是也安眠了。

“朱小姐，你冷么？”

“有一点，不大要紧。”

她觉得从背后他伸过来一只手，她立刻强横地用手推过去。

“请你放庄重一点!”

“这样子你可以暖和些。”

“谢谢你，我不用。”

那个人的手仍然想拢了她的身躯，她更气急地说：

“再来我就要喊起来。”

那个男人缩回去，嗤了鼻子笑一声，像是说着她的不识趣。无论如何，总幸运地是在平静的情形下，回到了她的住所。

本来是要道谢的，却什么也不说笔直地跑进去。迎在那里站立的是在想念中一闪的人，他的脸红着，用沉重而哀忿的语气说着：

“我知道你一定要坐那个人的汽车回来，现在，我才知道你为什么要我每天早点离开你，我明白了，我明白了，你看，这是什么时候？两点半钟，你刚才回来。难说一顿饭要吃得那么久的时间？——”

她听着，她一句话也说不出来，可是眼泪都满了眼。他望见了，停止了说着的话，把她抱在怀中问着：

“怎么了，玲玲？不要不说啊，你该告诉我，告诉我，……”

她立刻把头俯在他的肩上嘤嘤地哭起来。她像是有千万种的冤屈在心中，她哀伤地哭着。

“我要辞掉我的事情了。”

“为什么呢？”

“我不要干下去。”

“玲玲，为了我们的将来还是要忍苦的。”

“是么，这是为了我们的将来？”

她睁大了眼睛，把头抬起来问着。

“是的，你该忍下去。”

猛然地又把头贴到他的胸前哭起来，他的两只手臂，没有那力量使她那打着抖的身子安静下去。他的眼睛里也滚出两颗泪珠来。

细细的雪粒，为风斜着吹到玻璃窗上，响了低微而又密杂的声音，像永远也不会落得完的了。

游 絮

“为什么他要离开我呢？为什么他还不回来呢？”

这样的两句话，几乎是为她愤慨地叫出来了。但是她知道她未曾叫出来，和她睡在一室的梅并未为她惊着醒转来，或是在床上翻着身。这是她心中的喊叫，只有她自己才清楚地听到。可是她的心，却一直是为忧烦深深地抓住。

当她回到所住的地方来，立刻就脱去衣服，睡到床上；时候已经是不早了，她也即刻关了灯。她是感到十分的疲乏，很早就殷切地希望着一个休息，脑子是昏昏的，还有一点胀痛；在这时候她听到了敲着三下的钟声。

“已经是三点了啊！”

她低低地自己说着，已有的困乏，却不知到那里去了。她的眼睛很自如，在大大地睁开着；才自沉下一些的心，又复为一切的事情搅乱了。她并不情愿这样，她还是要立刻能得着安睡，可是她清醒着，她咒骂着自己，翻着身子，数着数目，到末了只有抓了自己的头发，她仍然不能睡着。

这样子，那个长了肥白脸的人很快就在她的幻想中出现，那个脸，白得如石灰刷过的墙壁，绷得紧紧的像一张鼓皮，最初是使她怕着的；至少，也是使她厌烦着。而且那一对小小的眼睛，足以充分地显出来他的卑下与贪欲，一见之下，就给人以猥琐之感的。可是他却有独到的温柔，在近些天来，更为她所觉到了。他懂得如何使女人高兴，在先她会骂着他这种过分的谄媚，但是到了身受之后，却觉得他是那么体贴入微。他能使一个女人和他在一起的时候不绉一绉眉头，因为他能安排好一切的事，随着他的女人也可以不费一点思索，顺序地做着所要做的事。他的聪明与他几年在黄金国努力之成就，该使他如大多数的留学生一样，有着才能的余裕来使女人们高兴。而且他那百折不挠的精神，有着蚯蚓掘地的毅力，来感动任何一个女人也是十分容易的事。她已经知道了如何由于他的关说，她的月薪才增加到一个较高的数目，如何再三再四地为她所拒绝也丝毫不显出怨恨来，渐渐地在她的心中就有了："难得的好性子的人啊"的评语了。像一条饿狗一样，他也正在千方百计地想着攫取悬在空中的一节肉骨。

那个人，几年中与她以单纯的心相恋着的，在这时节却为了工作到辽远的南方去了。

对于工作，那个人有着无上的努力，他能忍苦，几乎把自己也忘掉了地经营着。他从来不曾顾及一天一天坏下去的身体，他有过连着几夜也不睡的事；虽然对她的爱恋仍是那么笃诚，有时候对于他的工作也引起来她的忌妒。

“你会为你的工作而忘却我的！”

用着埋怨的眼睛望着他。在他只能苦笑着，说她这只是无用的过虑。

“你什么时候才可以回来呢？”

当着这一次他们分别的时候，她曾这样含情地问着，他的回答却是用他的嘴盖上了她的嘴，低低地说着：

“春天回来了，我也就回来了。”

终于春天不是来了吗？可是他呢，归期还是为她所不知呢！在春天，景物中镶满了美丽的花，柔柔的春风，吹约了每一个少女的心了。而当着这样的一个春夜，她为不眠所扰，是更深切地想到了离开她遥远的人了。

她可以说，在这春天里，她是需要他的拥抱。书间的办公室，是使她感到体质上的疲困，而独处的暇时，却使她深味着精神上的乏力了。但是他没有在这里，她忧郁着。在这夜里，随着一个懂得如何体贴一个女人的那个长了肥白脸的男人从一家舞场走回来，她是更清晰地想起那个人了。她自己觉着这对于他是不忠的，这种贸然的行动会引起将来不幸的事件；但是着恼的春天，像虫子一样地咬着她的心。在这春天里，要她如何能忍得过去呢？

她想着只有他立刻来到她的身边是可以使她把心安下去的；可是他为什么不回来呢？春天不是已经很浓地泼到一个人的心上了么？

在这时候她觉着睡眠是十分需要的了，她又翻了一个身；但是想努力去追寻睡眠却成为一件困难的事了。

绵绵地，絮絮地，窗外落着的雨在温柔地抚摸着受尽冬日寒冷的檐瓦了。春日的雨如真情的眼泪，不只能湿了人的衣衫，还能苏醒人的挚情。那些被遗忘的，埋在土壤之中的，渐渐地能有着新的滋长，将把绿的叶子伸出来，再托出来各色的花苞，用沉静的语言来说着："春天是来了"的话。

从开着的窗口飘进来一丝两丝的雨点，打在她的脸上，是那样子清新而快意的，启发了她更大的精神，她用手掌轻轻地抚着，从下额到了上额，整个的脸都有着凉沁之感了。她感着无上的兴奋，生命的活力在她的周身跳跃着，她高兴地叫了一声；但是顿然间她又静下去了，在她的心中想着：

"为什么我要这样子呢？他不是远远的离开着我么？我需要沉静，我需要沉静，像火一样的情感对我已经不适宜了，我是已经有了相当的寄托，他是那么一个好心人。"

于是她跳起来，把脚伸在拖鞋里，跑过去把窗门关了。可是这时候，同室的梅却为她惊醒了。

“那一个？”

“是我，梅，你醒了么？”

“慧玲啊，怎么还不睡呢？”

“睡了一阵子，从窗口飘进雨来，起来关上窗子。”

她又回到床上去，把身子伸到绵被里，把散到面前的头发又用手掠到后面去。

“你什么时候回来的？”

“总有两点钟，陪着从南京下来的哥哥去看电影——”虽然梅还没有问到她是和那个人在一起，她也不经意地用谎话来解释着，但是她立刻想到这还不能说到为什么这样晚才回来的原因，就又接着说：“过后哥哥找我到一家咖啡店去谈谈话，不知不觉就很晚了。”

在以前，她是迥异于那些都市的女人们惯于把谎话像安静的溪流一样地从嘴里流出来，可是到现在，就是和与她有着十三四年的友谊的梅的面前，也能自在地说着了。那第一次，她总还记得起来，就是因为应了那个长着肥白脸的人的约去看电影，到回来时，为梅问着，却回答着是和梅也熟识的那个人同去。这全然是为了使梅还能尊敬自己才这样做的，但是渐渐地，对于这一道成为十分熟习的了。

“现在是什么时候？”

梅转着身，打着疲倦的呵欠。

“有三点多了。”

“呵，……”

梅轻轻地叹息着，作为给她的回答，随即不说一句话，又沉默下去了。而不久的时候，她听得见梅的平匀的呼吸，很快地，梅是又睡着了。

夜是将尽了，像踏尽了人生的路，到了将残的老年，自自然然就有无尽的疲困似的，在这时候，她也睡着了。

好像才睡着了，耳边就有人喊着她的声音，张开眼睛，就看到是捧了一个花束的女仆。

“朱小姐还不起身么，都九点一刻了！”

“啊，有这样晚！”

她揉着眼睛，坐起来，看见梅的床是早已收拾得很整齐，人是不用说，已经去办公了。

“这是今天早晨送来的，还有一封信。”

女仆指着手中的花束，随着把一封信给了她。她高兴接过来，可是看到那字迹，她的意念是很快的灰冷下去了。她吩咐着女仆。

“把花放到案子上吧！”

她把信塞在枕头的下面，等到女仆走出去了，她即刻就把那封信一横一竖的撕破。碎的纸片散乱的落在地板上，她也随即起身，穿了拖鞋，快意地用脚践踏着，她走到案子那里，把那个花束随手就丢到废纸篓里，她很高兴地望着窗外，仍然是一个落雨的春天。

她随即跑到另外一间房子去洗完了脸，回到房里来，敏捷地穿起衣服来。突然不知有着什么样的心念，使她把散在地上的残纸拾起来，细心地又拼合起来，这样她又读得出信中的句子：

“朱小姐！我送你这一束最高价值的花，是用以纪念你的聪明与智慧的。”

她于是匆忙地又从废纸篓里又把那花束检起来，那虽然开着小小的花朵，却有着鲜艳的颜色：近到鼻子的前面，她就嗅到一种淫佚的香气。

“这时候，能有这样好的花，也真是难得呢！”

她喃喃地自语着，一时间都舍不得放下了它，她高兴地把案上的空瓶注满了清水，把花束就插到了那里面。她三番五次地用手弄着，看看要怎样才能更好看一点。

偶然间把眼望到了墙上的壁钟，长针和短针放在九点与十点之间的一条线上，她不得不赶快着把衣服都穿得齐整起来。她匆匆地取了钱包，朝着楼下才走了一半，就记起来这雨天里，该穿起的雨衣和该用的伞。她不得已重复跑上来，披了雨衣，拿着伞，就又跑下去。出了门，就撑起伞来，用较快的步子，在路旁走着。她才走出来这条小路，就有一辆小汽车，滑到她的面前站住了。从那里面，就探出来那张肥白的脸，向她说着：

“朱小姐，请你坐到汽车里面来吧。”

“唔——”

她才要说着什么话的时候，这个长着肥白脸的人就把左侧的门推开了，随又说着：

“这样还能快一点，就要到十点了。”

她也不再说话了，就坐到和他平排的那个座位上，汽车灵活地转了一个湾，便急速地向前驶行着。

“我还忘记谢谢你送来的花束。”

像突然想起来似地，她就把这样的一句话说了出来，随即她的脸红起一阵来。

“不值得说起的，现在的季节，不大有顶好看的花，虽然价钱也不小。”

他满意地笑着，在圆滑地运转着汽车的转手。他身上的香气，因为是太过分了，反成为一种恶臭，在刺激着她的脑子，使她感到十分的不舒服。

“马先生为什么也这样晚才去？”

“我么，我是早已去了的。”说到这里他顿住了，因为有一个愚蠢的行人横断着马路跑过去，他不得不把全部的精神放到行驶上面去，立关塞住闸。那个行人是更慌张地跑了过去，这使她的心猛烈地跳着，车停下来的时候，她把手扶到前面的玻璃上。他用粗野的话，骂了那个行人一句就又继续着。他又接着用清闲的语调和她说：“我没有看见朱小姐来，以为是生病了，就抽个闲空来看你。”

“病倒是没有，就是昨天晚上睡得太晚了，早晨没有能起得来。”

“也好，我来一趟，省得朱小姐淋得一些雨。”

“那倒没有什么，春雨不会像冬天那样使人厌气。”

“唔唔，春天是好的。”

再转了一个湾，汽车就在她每天要来办公的那座楼房的面前停了。她走下来，拉拉衣服上的绉褶，走进了门。当着她正站在那里等候那个响着隆隆声音的电梯下来的时候，那个长着肥白脸的人也赶着拉开门跑进来。看着她，他不自然地笑着，露出来那颗金黄的假牙。

“朱小姐的雨衣还忘记脱下来了呢。”

“可不是，真的忘了。”

她说着就脱着。他拿过去她手中的那柄伞，还没有等她把雨衣脱到手中，他就接了过去。

“还是由我来拿好了。”

“没有关系，请走进去吧。”

这时她回过头来，才看见那个电梯已经落下来打开门等着她，她就走了进去，

“我来得太晚了。”

“没有什么关系；我已经替你看过，你今天没有什么事情的。”

电梯在五层楼的口上又张开，他们就又走出来，向着那间大办公室走去。走进门，她先在签到簿上写着名

字和时候，就朝着自己的座位走去。她没有敢抬起头来，她知道有许多人望着她，她好像还听到别人说到她的私语，她的脸红红的，也只好忍着了，坐到自己的坐位上去。

所谓的“工作”，又在起始和她面对着了。

她不喜欢这工作，并不是因为它的烦难与累赘，却是因为它是太平常了，太不能引起一个人的兴趣了，才使她更深深地感觉到无味。她曾再三地和那个人——那个正在和她远离的——说起过，她实是厌到极点了，不愿意这样把自己的时间这样花费下去，可是每次他总和她说着要忍耐的话。要到什么时候她才可以不必再忍耐下去呢？而且她自己知道，很早就知道，为着两人间的幸福，她是应该离开这里的。

“离开这里到哪里去呢？”

说到离开，每次就会想到离开以后的问题。而且三月前，当她加薪的时候，那佣人也曾高兴地赞扬着她的能干，在那时候，她记得她说过更要离开的事。但是听到了那个人用怀疑的句子问着到底是为了什么缘故的时候，她觉得又是没有什么话好说了，只有背过身去，为他一点也不觉察，擦去眼睛里盈满的泪。

于是她是每天要到这里来，做着相同简单，枯燥的工作；就是这春天里，每一株杨柳都在抽出来新嫩的细条的时节，她也要在同一的情况之下活着。横在眼前的是一些数目字，还有那以死的形式传达出来不同的事情的上行下行公文和信件。再抬起些眼睛来就看见同在这一个办公室的人，男的女的老的少的，谁也不像是为这事业来努力，都是松闲地，把眼睛溜来溜去，绉着眉头来想时间是如何可以更快一点过去。

她懒懒地拿起一张公函的草稿，随便地看过一次，就从抽屉来拿出信纸来，平整地铺好，起始抄写着。但是今天，和往日有些不同，她没有能够顺利地写下去。她自已觉得写出来的字是太看不过去，一张两张地换着，几乎已经用掉六七张信纸了。这引起她的怒气，愤愤地把笔一丢，兀自坐在那里。她把手臂交叉在胸前，手掌夹在腋下，望了窗外的景色。在这几层楼的上面，所能看见的就是其他的楼房，和落着雨的灰灰的天。但是任着她的幻想，她知道外面是春日的天，春日的风斜吹着春日的雨，她真想跳到外面去，让春风为她梳理着头发，让春雨为她洗浴着身子；突然间她却想着：

“在南方也是落着雨么?”

在怀念着那个人的时候：就想到是不是他仍然要披了雨衣，在雨中行走？她清晰地记起来如何他的发尖滴着水点，一张高兴的水渌渌的脸盖在头发的下面，像孩子一样地笑着，就以湿湿的身子赶上来想和她拥抱的情况。那时候她记得立刻躲着他，要他脱下雨衣去；可是现在她却以为怎么不可以呢？来吧，来吧，她在等着他了。

过来的人却是那个长着肥白脸的，他把那张草稿拿在手中，低低地和她说她不必再抄写了，他可以去找另外一个人去做这件事。

“那怎么可以？”

“不要紧，也就要到吃午饭的时候了。朱小姐为什么不在这里包饭呢？”

“想到包了，这个月那边还没有满，每天跑来跑去真也是厌人！”

“今天午饭就不要回去了，随便到什么地方去吃一次。”

“那好么？”

“不必客气，就是这样子吧。”

虽然没有说出答应着的话，可是她也没有加以拒绝，旧日的经验告诉她每天一个人默默地咽着饭，是再无趣也没有的事了。她的食量渐渐地减少，想着已经是有些瘦下去。在以前那个人能伴了她，使她有着好兴致；但是现在呢，面了她的不是白的墙壁，就是空的位子。这空虚之感填满了她的胸间，她想着那个人，可是他并没有来到她的身边。有时候她是恨着他了。

在这一日的工作之后，她急急地逃出了那间办公室，踏到街上，才知道雨是停了，从西方的天边，也有阳光漏出来了。雨后的太阳，是温煦而柔美的，为细雨所冲洗过的街路，给人以清新之感。在这时候，她自己觉着异常的轻松，她像孩子一样地边走边跳着，在这兴奋之中，什么她都忘记了。

走到路口的停站那里她搭上电车，在电车里她望着那些春天里特有的每个人的含笑的脸，她觉得自己也在微笑着；但是却觉得寂寞地，像一个陌生人。她张望着。这里她看不到一个相识者，于是她又收敛了笑容。

电车到了她该下去的那一站，她没有走下去，她有着到公园去转一转也好的意念。电车到了尽头，她才随了所有的乘客，都走下车来。

走过一节短短的路，就到了××公园。她买过票，走进去，浓郁的草的香气立刻为她闻到了，这像能引起她的什么样的记忆似地。她把眼睛抬起来，尽有不少的人在这里在那里；可是像她这样一个孤身的女人，却只有她一个。她用迟缓的步子，沿了那细石铺成的路走着。

在这里，是更能使人知道春天是如何迈着步子向人间走来。嫩绿的草芽，从枯茎的中间钻出来，附着的雨珠，在斜阳的下面亮着小小的光闪。而抽出新枝的树木，温柔地在空中荡着，新的叶子，像婴儿健壮的小手掌，有的还在紧紧的握着，有的是已经张开来。在林间穿着的飞鸟，翻上翻下地追逐着。

她走到一张长椅上坐下了，这里是对着一个小的池塘，她静静地望着那凝住一样的水面，看到了池畔树木的倒影，堆在天层上的一层的白云，就是一只两只飞着的鸟，也映下了它们清晰的影子，这使她回想着两年前的一个时候，他们都住在近城的乡间，时常是坐到小溪边的石阶之上默默地望着流过去的水和水中所现着的景物。有时候是呆呆地看着一片芦叶，凭了自己的幻想织成一些美丽的梦。那梦好像是要使那小小的芦叶成为一只可容两人的小船，他们偎倚着坐在里面，顺了溪流缓缓地流着，流到不为人所知的地方。在那里他们活着，以不为一般人所体味到的感情活着，像仙子一样地轻逸不为一切人世间的喜愁所动。这也真就是一个梦，一个无着落的梦而已。可是即使只是一个梦，他们也能在片时间得着空幻的满足，当着生活已经是一笔一画地在他们的心上镂刻过，连这一点美妙之感也没有了。坐在这里，除去使她追想起往日和往日的事之外，也只是觉得茫茫的。这茫茫之感，会更重地压到她的心上，这青青的天，这美好的景物，……一切使人惊讶着的，在她的眼睛里都只留着单调的彩色，没有活力也没有生命，是那么空空的，引起她的烦厌，她立刻站了起来。

"朱小姐，你也在这里!"

她才转过身去，就听到一个颇熟习的语音在背后响着，她回过头去，望见是那个长着肥白脸的人。

"马先生，才来么?"

"是的，你不再坐坐么?"

“想回去了，时候已经不早。”

“才不过六点钟，稍坐一下吧。”

她没有再说什么，就又坐下来；那个长着肥白脸的人也就坐在她的身傍。

“抽烟吧，朱小姐。”

“谢谢你。”

她抽了一支出来，那是有着精美外形的高等纸烟，熟练地在自己的指甲上顿着。那个长了肥白脸的人立刻把一根划着了洋火凑过来，就着那个火她点起来抽着。

他自己也点起一根来。

在把一口烟吸了进去之后，她觉得胸中有一点朗然了。她熟练地吸着，只有很少的烟从鼻子里喷出来，她想到了那个人曾如何地说着她，为了这种嗜好。

“没有回到住的地方去吧？”

“我是一直来的，我想着雨后的公园该好一点。”

“唔，是的，人也真是不少啊！”

这时候她望着过来过去的游人，没有再把奇异的眼光来望着她的了，一些人还顾到他们的一点方便，故意不走近了他们的那条路。

她懂得这是怎么样的误会，可是她并不因为这样，就不高兴起来，她想着：春天里的一点任性是该宽宥的。

“朱小姐常是一个人，不觉得寂寞么？”

“还好，惯了也不觉得什么。”

“我想，”他说着，停了一下，把眼睛抬起一些来望着前面，可是落下的太阳笔直地照着，虽然是不十分强烈，他也不得不把眼睛眯着成为两条细长的线。“这么许多年我可懂得什么是寂寞。”

像是伤感似地，他吐了一口气。

“马先生是一个人住在上海么？”

“自从离开家我永远是一个人。”

“为什么不娶一位太太呢？”

把这样的话说出了口，她就觉得了有点不宜了，她的脸红起来。

“没有适当的人，就是有理想的人事实上也难得成功的。”

“你要什么样的，我可以给你介绍。”

但是他并没有接着说下去，坐在那里在看看自己的衣钮，终于说出来了：

“像朱小姐这样才好呢。”

一时间，她不知道该如何回答是好了，她知道有多少人曾经为她的好容颜所倾倒，而敢于在她的面前说出来的，怕他是第一个人了。她有点高兴又有点畏缩，和她爱着几年的那个人的影子还是清清楚楚地印在心上，她不会为了一时的愚昧就丢开他，虽然这个长着肥白脸的人有着更好的地位和前途。但是现在她该和他说些什么呢？立刻就把气愤的脸色显出来么？或是痛快地骂着他的非礼？不，她知道她不该再像那样不大方；可是就和他说："好吧，你就以我为你的对手吧！"不只是难以出口，也觉得有些对不起那个人。那么在这春天里，不必说什么话，有点过分的行为，实在是该宽恕的呀。

为什么他还甚那样愚蠢地坐在那里呢？在以前所觉到他的油滑，还追不上一个少女奔驰着的情感，他像是在等她的话，于是她说着：

"我是顶不行，有更好的再替马先生介绍吧。"

这是不是他所需要的回答呢？像是还要把什么话说出来的，终于没有说出来。

天渐渐地暗下去了，觉得该走了，便站起身来，他在这时候却和她说着，就随便在公园附近的饭铺吃夜饭也好的话。

她并没有回答，只是随着他走，出了园门，就走进对面的一家以"野兰花"为店名的饭铺，当着他们检了一个桌子，立刻就有一个妖冶的俄国女侍来招待，因为看见不是单身的男客，露了点不高兴的样子走开了。

吃过了晚饭她又被请着去看影戏了。

当她走回所住的地方，又是近十二点钟的时候了，她的心在跳着，自从在映演之间那个长了肥白脸的人紧紧地握了她的手，她的心就跳起来。那是热热的，强壮的男人的手，她曾经想缩回来，但是没有能如愿，一直到她一步步走上楼梯，还好像为他的手握着。她觉得自己柔弱得没有用，她有一点追悔；可是她想着为什么他不在这春天里回来呢？

走进卧室的门，已经睡到床上看着书的梅回过头来望了她，似乎是用了幽叹的语气向她说：

“你才回来呀！”

好像梅已经知道了一切的事，她觉得些窘迫，心中想着：“我如何解释给她呢？”但是她是十分地疲乏了，需要着休息，几乎是连张一下口也不愿意，她向着自己的床走去。

“案子上还有你一封信呢。”

“啊，是上午来的还是下午来的？”她一面说着一面向着案子走去，“在那里，怎么我找不见呢？”

“就是压在那瓶花的下面，”

像是有一点不耐烦地梅回答着。

“是的，找到了。”

她才把那封信拿到手中，心就又起始跳着。她知道这是那一个人写来的，往常是以充溢了喜悦的心来读着的，在这晚上，于喜悦之中是夹杂了些什么样的情感，她不知道那是悲伤，或是忧郁，好像这都不十分洽当，她只是想到哭。

用微微战颤着的手，她扯开了信封，抽出来里面的信纸。她起始读着：

那是以密密的字迹写了三张纸的一封信，写着因为有过一件要紧的事，三天没有提笔写信了。写着不知道这三天里她是不是觉得很寂寞。写着春天在南方是更早地来了。写着随了春风，他的心是每夜要飞到她的面前。写着若是她在夜中醒转来，觉着风的温抚，那就是他的手掌或是他的嘴了。写着在昨夜，他看到了展瓣的玉兰；写着他想起了先前的约定，就默默地站在花的前面，写着刚好也是有月亮的夜晚，写着仿佛嗅到了她那如草一样的气息，写着就是在离别之中，能忆想她的音容，又有着往日的凭际，也觉着满足了。写着不知道是不是她也守着旧日的话，像他一样地在花前想着在辽远的南方的他呢？写着想到归期觉得是很对不起她了，写着这也好，恋着的男女也是需要别离的，写着因为这样才可以知道是一时的冲动，或是真挚的情爱，写着要克服眼前的苦才能得到将来的甜美……

没有把这信读竟，眼泪已经流满了脸。她想忍着，可是没有能忍得住。

“怎么，玲，有了什么事？”

才是睡着的梅为她惊起来，走近她的身傍，曲意地安慰着她，但是她没有什么话好说，她只是哭着，大声地哭着。

渐渐地她止住了，倚在窗口，脸向了外面，月亮已经过了圆的时节，却仍有着大的光辉；而窗下的玉兰，已经落尽了，却在枝椏间生出来暗绿的叶子。

“啊，晚了，春天！”

寂寞地，空幻地，她叹了一口气。

陨 落

若是使一个女人自由自在地在一个大都市中活着，只要两个月或是三个月的时间，就能使人惊讶着对于变换一个女人，（这变换不只是说显露的外形，甚至于包含了天赋的性格，）这个都市有着多么伟大的力量。说是在大都市中求生活不是一件容易的事，那只限于男人的这一面，还是一步步地愈走愈艰；女人呢，当着她们第一步踏进了这样的社会圈子，也许会绉绉眉，但是渐渐地就能知道有其他易行的路在面前陈着，只要是点点头，就可以觉得生活并不是一件困难的事。如果是一个好看的女人，则能有更多的选择，就有一般女人以为舒适的生活来抱住她。一个女人为什么不喜欢安逸呢？要繁杂的工作使自己更快地衰老下去是为着什么呢？活着是为受苦的么？任何的女人都懂得如何来回答这些问题的，于是张开眼睛来看看吧，这近代的伟大的都市不就是在眼前么？这里有直矗入天的建筑，有全无声息而在路上急速滑着的一九三四年式的汽车，从办公室出来，用不了走几步路，就可以把你送到西区的住宅。那又是安适的所在，几乎像杂志中以彩色印出来的理想的家庭建筑，于是什么都预备好了，不必说一句话，也不用一线的思虑。在街上，两傍的商店以全力来布置着窗橱，什么都是最好的，等在那里，只要有钱，就什么也可以得到。若是觉得疲乏了，或是感到生活是太烦闷了，也有多少种不同的娱乐可以使人高兴。没有愁苦也没有困难，生活是快乐而安适的。这才是理想的生活，为大多数女人所钦羡的生活，若不是对于自己就怀着不满的人，谁会拒绝这样的生活呢？于是像行走海滩的软沙上一样，走一步陷一步地一直到掩没了自己整个的身子。在中间，也许想着过拔起来的，可是已经没有那力量，没有来支持身体的附着物了，只好是任着沉下去，到没有一点影子的时候。那是走到另外的一个世界，可以说不好也可以说好的。生活的方式是不同了，原来质朴的性情也可以变成烦燥了。见了生男人是要红起脸来低下头去的，也能在一堆男人中使着适宜的手腕，要每个男人都以为她是对于自己是最好的。

给了莫大的信心，他和慧玲相别有着三个月的时间。有了三年的相恋了，除开了未曾有着本能上的某种行为，全然如夫妻一样地，也不该有着什么样的疑惧了吧。几年间以纯朴的心来交结，为所有相识的人所钦羡；能安然地自满于自己单纯的生活中，也是为人所惊异着。但是这一次，他是为了什么样的缘故离开她到南方去了，想着那些恋情，他是欣然就行的。在分离之中，把相思写在纸的上面，附在梦的翼上，凭于遥想的足间；虽然是漠然寡欢的日子，也有这些露珠使得他们相互地感到还不是死一样寂寞的日子。于是他自己，在工作之外是安静地生活着，有时是闭起自己的眼睛来，遥遥地忆画着她那圆圆的脸，和笑起来的时候有着什么样的笑涡。

想到了归去的时节，已经是春之尾在做着最后的摇曳的时候了。

才一想到归去，心是如箭一样地老早飞到她的身傍，偎着她的脸，倚着她的身子。计时计刻地在心中想了，反不如没有想到相见时那样的安逸。到得船靠了码头，他是第一个抢了上去，喊了一辆车子向着她的住所去。

坐在车上，他张望着两傍的景物，仍然是叫嚣的街和喧闹的人群。都是像莫知所为的向着这面，向着那面。车在她的住所门前停下来。

所住的地方，是为在这个城市中职业妇女的方便而有的寄宿舍。这里他是走惯了的，他下了车，径直地到了会客室。

“您来看那一位？”

一个女仆从里面出来向他问着。

“去看看朱小姐在不在？”

“请您等一等。”

那个女仆说完就走进去了，他独自留在那间房子里，快乐而兴奋的情绪填满了他的胸间，他不能静静地坐下或是站在那里。他在用眼睛找寻着哪一个角落里是合于他们的拥抱而不为别人看见，还在想着用什么样的话来诉说三月的离情。

他听见楼梯响了，可是走下来的仍然是那个女仆。她向他说着：

“朱小姐没有在。”

这立刻就使他觉得惊奇了，这不正是晚饭的时候么，她一定不会到什么地方去的。

“你没有到吃饭的地方去看看么?”

“统去过了，她没有在。”

女仆显出一点不耐烦的样子来了。

“她每天不在这里吃饭么?”

“也不一定，多半是在外面吃的。”

那个女仆说完了话就想走进去，可是他叫住她，说他要写一个便条由她带进去。

他从衣袋里取出一张纸来，就以铅笔写着他是回来了，住在从前住的地方，若是回来的话，就打一个电话来，不然在晚间，也许再来看她一次的。

“谢谢你，请你千万交给她。”

女仆带了毫无表情的脸色接过去，他拿起了手提箱，就又走了出来。他叫了一部车拉到他所住的地方。那是一个男人宿舍，还有一间房子为他留着，他走了上去。相识的人，以微笑和他打着招呼，他也想笑着来的；可是他自己觉得肌肉的滞钝，他知道他没有能做成笑的样子，就是做成了时也是那么不自然。他急忙地钻进了自己所住的地方。

在最初，他还想到一路去吃一顿晚饭的，他还想到要些什么她所最喜欢吃的菜，在饭后呢，他们可以到公园去，如往日一样地坐在那长椅之上，争看穿过树叶的月光，为那一个的身上印上更好看一点的花纹；但是他仍然是一个人，他几乎连晚饭也不想去吃了。他沉在沙发之中，以手托着下颏，毫无边际地他想着她的一切事。

每一次听到电话的铃声，他立刻就谛听着，他以为或许是她打来的电话；却一次两次地失望了。强自忍下去的焦灼像是抓着他的心，他站起来又坐下去，在斗室之中走来走去。他的心一样地他也是不能宁静下去。

像忍了一年的岁月似地，看看表，居然到了九点半钟。他又走出去，一步踏到街路上，才觉到已经在落着的濛濛细雨。他扯起上衣的领子来，急急地在雨中行走。因为想得快一点，他赶着到停站去搭电车。

上了电车，走了一程又下来，只有三五十步的路，就到了她的住所了。他胆怯地走了进去，想着她一定是回转来了，可是万一没有回来该怎么样呢？无论如何他还是走进去了，又是那个女仆出来。

“您不是要看朱小姐么？”

“是啊，……”

他兴奋着，他像是不知道说些什么才好。

“她还没有回来。”

“啊，一直就没有回来？”

他的声音低下去了，一切的兴致顿然都消失了。

“没有。”

女仆说完就转身走了，他呆呆地站在那里，他模糊地听到壁钟在响起来了，那是正在敲着十下。他知道这里是不能停留了，就以懒懒的步子踱了出去。他像是忘了自己，不知道是该到左面去或是右面，突然有人叫着他：

“李先生，什么时候回来的？”

他听见了，停住脚，他想不出是那一个人在叫着他，不十分清楚地他看到一个黑影朝他这里来。走近了时他才看出来是慧玲的女友梅。

“我是今天回来，你知道慧玲到什么地方去了么？”

“那——那我不大清楚，……”

“是不是回到苏州家里去？”

“不见得吧，要不然你明天早晨来也好。”

“好，明天见，明天见！”

在别人是十分容易地就把话说出了口，在他的心中却有着异样的滋味。定好了起行的日子之前不是早有信来了么？那么为什么她不在住的地方等一等呢？从前她不是说过一个人走在街上都是担惊受怕的么？难说现在有着另外一个男人在伴了她？……

一面走着一面在想，街灯的光中看见雨丝如毛一样地飘下来。他没有穿着雨衣也未曾撑着伞，衣服是湿了。这潮湿透了他的皮肤，到了他的心，他觉到忧郁了，是丢也丢不开的悲哀附在他的心上。

回到所住的地方，又是懒懒地坐了下来，他不能安静下去，不能做一件细小的事情。途中对着事业有更好的计划，是周密而完善的；可是没有能看见她使他对一切都灰心。他知道这是不应该的，尤其是像他那样从事那种工作的人更不应该；但是事实上却如一大团可以烧起来的野火，却因为没有一根火柴，就不能着了起来，只任那干柴放在那里，风吹雨湿，总有到再也不能燃烧起来的时候。

他是疲惫了，独自坐在沙发的里面，可是他的眼睛却张大着。他关了灯，兀自坐在那里：在爱恋之中他原是骄子，所以就是小小的波折也是他所不能忍受的了。

清晨五点钟，他又向她的住所去。在大都市里，虽然永远没有全是在睡着的时候，这样早也就只有最少数的人在活动着。他到了那里，门还是紧紧地关着。他叫着门，一个男仆为他开了，露了一点惊异向他问着：

“您有什么事?”

“请你看一看朱小姐起来没有?”

“您到里面来等等吧，——”

他走进去，那个男仆去唤着女仆去到楼上看看，在这时候，就有一辆汽车来了，停在门前。他看出去，他看到一个长着肥白脸的男人，正扶下一个女人来。他看见这是那一个，血像野马奔跑一样地流着，身子在打着战，喉咙像是为什么塞住了吐不出一口气来。他还能听见鞋子踏在阶沿上的声音，他知道他们也是向了这间房子走来。

他用尽了自己的力量遏制自己狂流一样的感情，像是静静地他木然地站在那里。挽着手臂走进来的人在门口出现了，像是为他所惊讶，她便轻轻地叫了一声，但是立刻用手指放在自己的唇际。那个男人这时候向她说着告辞的话：

“今天什么时候见呢?”

“回头你听我的电话吧。”

那个男人走了，到楼上去寻看她的女仆也走下来，看见他们在这里，也就没有说一句话，又转身回去。

他不说一句话，渐渐地把头抬起来了，在看着她，那是架在高跟鞋上的窈窕身子，穿了入时的衣服，再看上去就是那张圆圆的脸，为他所熟习的，虽然还是那样美好，却多少是有些不同了。这不同是在那无神的眼睛，青青的眼角，还有那涂得如血一样红的嘴唇上。他看见她是朝着他这里缓缓地走来，于是他能更清楚地看着她的脸，像是有着从前所未曾有的淫佚之态，有时候闪了出来。待她走近了，他又低下头去，流出的眼泪，滴到地板上。

她扶了他坐到藤椅上去，他闻见了烟和酒的气味，从她的嘴里喷出来。

他们默默地没有一句话说，在他的心中想着她的行为已经是在责备之上，不是只靠说两三句埋怨的话就可以瓦解冰消的；而在她呢，她是不知道该说些什么才好。

“我，我不知道你今天能来。”

她的声音几乎低到使人不能听见，拿着手绢为他来拭着眼泪；可是他却轻轻地推开了。

突然间，他抬起脸来，把眼睛睁得大大的在望了她，她想躲避着，可是她的手已经为他握住了，她不能动一步，附在睫毛上的泪珠，闪着的光像是刺着她的心，她摇着头，她的头发是更乱了。

“不要这样看我——好人——你可怜可怜我吧！”

她也哭起来了。

可是他立即松了手，脸成为苍白的，颓然地头垂了下来。她知道这是怎么样的一回事，就把他放到长椅上躺好，轻轻地她把嘴印到他的上面。

她的眼泪流着，她追悔起来，一直到现在，她还是爱着他的；但是她却错了一步，有着无可挽回之势。在知道他昨天要回来的时候，那个男人告诉着她不要再来和他相见，她答应了，她的原因是自己实在没有那力量能如从前一样地站在他的面前，她对不起他，尤其是像他那样的人，是更能加重她心上的疚恨。

她看见他张开眼睛来了，就问着：

“你好一些了么？”

他点点头。

“不要这样子，慢慢的我什么都告诉你，玲已经不是值得你爱的一个人了！”

她没有法子来遏止热泪之流出，紧紧地握了他的手。他十分吃力地说：

“太快了，太——快——了！只是一个春天。”

“啊，啊，一个春天！”

她喃喃地如呓语一样地说了出来，一切都如梦似地，谁能想得到呢？在她自己几月之前也不能想到吧。可是，情势却是到了这样的一步了。

“你昨天到什么地方去了？”

“你还看不出来么？我穿了这样的衣服，在这样的时候才回来。”

“你去跳舞了？”

她点点头，没有敢望着他。

想到跳舞，她记起了从前因为想学习而受他申斥的事。对于这一种的娱乐，尽管别人用多么好的意义来解释，他却永远泥于自己的成见，觉得不应该为他们所好的。一时间她也能忍着，可是终于到了要发出来的一天，而那个对手呢，就是他所说过的长着肥白脸的人。

“我的话没有错吧，玲，那个人真的成功了。”

“什么算是成功？我知道我是错了。”

他笑起来，那是无止无休的笑，使听着的人感觉到极度的不安。

“絜，你停停不好么！”

可是他并没有停下来。

“就是你不再爱我了，你也该爱惜自己的身子。”

他说完了这句话，他却停住了，他说：

“我始终对你是没有变的，只有你——”

“我已经不值得你的爱，我不是你理想中的女人，我和一切的女人没有什么不同，我做了许多你所不愿意我做的事，我抽烟我也喝酒，我什么都来，我整夜跳舞，有时候我要忘记你，我不敢想你，我下流到你所想不到的地步。——”

她像想一口气把所要说的话都说出来的样子，说到这里，还是顿了顿，又接着下去：

“——我不能忍耐，在你离开我的时候，是死一般的寂寞包了我，每次我想到你，我就更忍不下去，你要知道我只是一个平常的女人。在这个时候，那个男人插进来了，我想你知道从前我是多么厌他，可是他也实在并不是尽然像我们所想那样坏的人。——”

“啊，我知道，我知道……”

他叹息地说着，他懂得一个女人为另外一个男人辩护着是有什么样的意义。

“我不说过分的话，无论他是多么好，我总还是爱你的，不过我不讨厌他就是了。”

“也许你又起始讨厌我了。”

“为什么要说这样的话来刺我呢？絜，你应该信我，我是不会说谎话的人。”

“我是信你啊，或者是因为信你才有这样的一天呢！”

他坐了起来，他的头是昏沉沉的，当他站起身想试着走两步，立刻又颓然地坐了下来。

“多停一停吧，忙着干什么呢？”

“不是你也该睡睡去，而且那个人还要来和你出去的。”

他的嘴角扯出苦笑，想不到在他们两个人的中间会有了另外一个人，而且这个人在她的心上也有着相当的重要，这抓碎了一切的理想与一切的梦幻，这还是要使所有和他们相识的人惊讶。

“不要紧，回头我还要送你回去。”

“唉，给我一个人去吧！”

“我放不下心来，你知道玲玲总是像从前一样地牵记着你的。”

“是么？……”

他故意拉长了声音在那里面，蕴了无限的哀伤。

“对你的爱，要到我死的那一天。”

像这样的话她平日是说惯了的，为什么又要说着呢？到现在仍然把这样的话挂在嘴上，实是有一点可笑了。难说这一切的行为都为了她是在爱着他么？可是他并不愚笨得如一只牛，斤斤着她的话，就任她说着吧，世界上不是尽有成串好听的话在摆设着么，用用哪个不还都是一样！

“我还觉得，”她又在说着，“以结婚为恋爱最后的目的，是一件愚不可及的事。真实的生活能磨碎了一切美妙的理想，爱情立刻就要变成泥土了。……”

“想想看，结婚不过是在人生中所扮演的一幕戏而已，这决不是精彩的，但是为了社会，却不得不扮演着，我是不愿意和我真心爱着的人结婚的，絜，记住了，我将要这样做。我想你能懂我，也能了解我。……”

“也许我没有法子了解你，因为你爱得深奥了。”

“我一点也没有变，从我和你相识的时候我就这样想了。我只是俗气的一个女人，你却是有好理想肯努力的人；在起初你使我对工作感觉兴趣，我是试过了，我所得到的却只是疲困与无味，你想哪一个女人不想着舒服的生活呢？……”

“我并不是没有想着你，我想到我对于你只是一个累赘，你有好的将来，也有好的前途，我不忍因为我便使你也成为一个平庸的人，所以我想快一点和一个人去结婚。——”

“你都想到结婚了！”

“是啊，我为了你，我不得不快点这样做！——”

“你为了我什么？”他突然间大声地叫起来，“你为了我什么，你要一个爱着你的人在心上永远有着缺限，永远有着不可弥补的悲哀么？你知道你在我的心上有多么重，没有你，我将失去了生活的力量，我已经知道了！我什么都知道了，为什么来用好听的话来骗着我呢？我可以答应你，为了对你的爱静静地离开你，用不着来缓和我的情感，为什么你是这样子了呢？……”

最后他是哭着说出来了，他冲了出去，她想拉住他，可是没有能够，他一直就跑着走了。

这凄惨的情景，使她一行哭着一行上着楼梯，推开住室的门，便伏到床上哭起来：尚在酣睡的梅为她吵醒了，莫明其妙地问着她：

“慧玲，醒醒吧，是不是做了可怕的梦？”

转过身子来望见她，才知道她是才回来，不知道为了什么伏在床上哭着。

“为什么哭呢？絮回来了，你见着他么？”

“见……过……了，……”

“有什么事情么?”

“我对不起他，我应该听你的话。”

“现在也不晚啊!”

“是么,”她抹抹眼睛站了起来，赶着脱下去那积满了绉褶的衣服，把从前平日的浅蓝衣找了出来，（她还记得这是他所最喜欢的）先去洗过脸，梳理着头发，然后把衣服穿起来。

“他能原谅我么?”

“我想是能的。”

她于是高兴地又走出去。

从那里跑了出来，他像是连自己都忘记了。该是向着右面去的，他却跑到左面去了。他只知道是由于自己的腿挪动，他在路上像一片落叶似地飞着。他在心中想着：

“到什么地方去呢?”

可是立时他自己就回答着：

“什么地方不是都可以去么!”

他继续着他的行走，洒满了街的太阳在刺着他的眼睛；可是他并没有感觉到，他像是什么也不能感觉到了。他一直没有停下脚来，一个上午就是这样过去了。他也没有吃饭，仍然是走着，每个人以惊奇的眼光注视着他，他也不知道，夏日间时有的骤雨落下来了，打湿了他的衣服；可是他却想起来他该回去了。为着对雨的癖好，他故意在雨中行走着。

走到他所住的地方，他已经是疲惫得不能把脚从地上提起来，只是拖拉着，一步步地挨着。到了自己的房子，随着被推开的门，他跄踉地就要跌了下去；可是一个人却扶持着他的身子，要他躺在床上。他望着，他觉得奇异了，想不到她早就来到这里了。

“你到这里做什么呢？难说你以为从你那里我所得的苦痛还不够多么！”

她却不回答他，急急地为他脱去了湿的外衣，还为他盖上了一张被单，就把嘴贴到他的脸上。

“絜，我知道我错了，我知道你需要我，你需要我守在你的身傍。——”

“那，那只好求梦中的实现吧。”

“为什么说这样的话呢！我是总也不离开你了，就是忍受什么样的苦痛我也情愿。”

他没有想到这样的话是从她的嘴里说出来，他仔细地看了她，那是记忆中的她了，她仍然回到朴质的衣着，过分的脂粉也都没有了。

“是真的么？”

他为她感动得声音都在打着抖，他不敢相信自己的耳朵，他小心地问着。

“我要你带我离开这里，我厌了都市的生活，你带我到乡间去吧，到没有人类存在的地方吧。我不愿意看见任何人，我们以自己的方式活着，我们——”

她也像是高兴得说不出话来了，她把脸贴了他的脸，拥抱着他的身子。

“我知道玲是不会弃了我的，你知道没有你我就不敢想我如何能活下去。”

“我也想到了，我才到你这里来，我要你好好睡一睡，到晚上就到我那里来，那时候什么事情都会妥当了，听我的话，絜，我走了。”

她灵巧地亲着他的嘴，便起身走了。走到门口转过身来站住，带了无限的爱娇向他说：

“为什么不笑给我看呢，像从前一样地，我们该快活了，笑吧，絜。”

他知道从前在一些不欢之后，相互地是如何可以要求一个微笑，以忘却了那点忧郁；可是现在，情感上已经有着大的裂罅，虽然是为这新的允许给补起来，总是不能完整的了，这里那里有着不可弥补的缺痕，自自然然地在笑里就含着一点勉强和一丝丝的苦笑了。她立刻就看出来，撅起嘴来，和他说：

“我不要看这样子的笑，好好笑给我看。”

他怎么样才能像从前的样子笑着呢？这样的打击在每一个青年人的身上都是不可忍受的吧。破碎的幻想是不容易再成为完整的了；可是在情势下，他还只能再笑着，如从前一样地听从她的话。

这仍然不是十分自然的，她也知道不能再要求着，她自己也露了微笑。

“记住了，八点钟，不要忘记啊!”

他又点着头。

这次她是满意地出去了，留他一个人在这间房子里，他并没有能听她的话，就睡在床上，他知道他能起来了就在房里往返地踱着。一两日间为意想不到的外物所激动，他已经不能再有一刻的宁静，他想不出自己是活在这世界上还是在梦里。好像是超乎想像之上的事都为他一人身受了，他不知道他是该快活抑或是悲伤?他是走着，他杂乱地想着一切的事；但是他的思想不能集中，他烦恼地自己抓着头发。

为着要走到什么地方去他烦恼着了，他的工作使他不能立刻离开，而且即使能离开了，那里有没有人类的地方呢?他的工作是重要的，但是为了她，他愿意抛弃了，他愿意受人的指摘与揄揶，只要能有她随了他，他也愿意成为一个平庸而无用的人，只是活在她的怀抱中等待死亡之来临。

到了晚上，他走出来匆匆地叫了一辆洋车坐上去。

他没有别样心绪，一切都是快乐的，他知道在一切的快乐之中，他自己是最快乐的。

车到了她所住的地方停下来，付过钱，便跑到里面去，他成为一点浮燥了，像是年轻了许多，这也许为人所不喜；但是他什么也没有顾及，向出来的女仆说：

“请你告诉一声朱小姐，说有一个人来看她。”

“哪一个朱小姐？”

“就是朱慧玲，我不是时常来看的么？”

“好像她不在了，我替您看看去。”

“请你快点去吧，……”

“怎么会不在了呢？”他的心中在想着，“是不是到街上还没有回来呢？”

女仆拿了一封信又出来，和他说：

“她已经走了，这是留给您的一封信。”

“是么？……她走了，到——到什么地方去？你知道么？——啊，她走了，……”

喃喃地他像失去了魂魄的人，他接过那封信来，就撕开了信封，扯出来看着：

“——我是走了，絜，我不得不走。我的走也可以说是为了你的好。我只是一个已经破碎了的女人，虽然有着重圆的机缘，但是我知道那只能给你暂时的欣快，将来却要给你以无穷的苦痛。我不配你，以前我就是这样想的，现在我是更不配你。这一切都是天意，一切都是命运，谁也怨不得谁。也许今生我们是再也不能相见了，我所盼望你在脑中所描画的是那个在你的眼前也要红脸的玲玲，而不是现在会说谎，只能背了你来流着羞惭之泪的我。

不要问我到什么地方，也不要问我同什么样的人走了，我要你记在心中的只是玲是爱你的，到她死的那一天——”

把自己也忘记了似地呆然站在那里，一切的事物都在他的脑中打着旋，那张信纸为他紧紧地抓在手里，他不知道何以他还能走下那石阶，还走出那座门。他在街傍的路上走着，望不到那喧扰的人群。像是有什么样的鸣声在他的耳中叫着，他想着：“为什么呢？”他自己想着也许是要哭了吧？情感却又如狂奔的万马一时挤出那窄门，是不可能地停在那里了。

“这是悲伤么？”

他自己想着，茫茫地走着，她的脸在他的眼前闪出来了，渐渐成为庞大无比的；但是立刻又远了，远到他所看不见的地方。他加急了脚步，向前奔着，他没有能追得上，他想停住脚，可是没有做得到，就像狂风拔起的一株树，颓然地倒在地下了。

没有那个熟识的脸，也没有那张肥白的，像涂了石灰一样的脸，……

天堂里

在无尽忧伤的人们的脸上，也夹着一点点焦虑和一点点的欣悦，那是因为这些受了二重苦痛的民众，得了将于十月十日开庆祝日本承认“满洲国”大会；暗暗地也有着这流言，说是老丁和宫二哥约定在那一天攻陷这哈尔滨市。

于“友邦”人民的心愿之中，如此的集会，这一次是第二回的演奏了。第一次里所得来的经验，费了“友邦”人的脑子，知道有的是更该改革的，而时间上也给了大大的余裕；在十月的第一天便着手来造这民意的表现。而人民的心，是更浓厚地罩了忧虑的情绪，他们望着秋天里高高的天，他们盼着能把他们从苦痛中提出来的英雄是骑了一匹大白马从那一片白云之后跑出来。于是他们闭起眼睛来默默地想着宫司命部下淳朴而勇敢的骑士，他们是到过哈尔滨的，他们穿了乡人的衣服，骑在光着身子的马上。

感到幻想上的满足，那一点点的欣悦，漾得大起来了；私下里是切切地盼着那一天。

日本型汉字的标语，印在黄色绿色红色的长方纸的上面，在墙壁上成排地贴起来了，还有那长大的木板，高高地悬在可望而不可及的地方，张贴了用大红大紫所描出粗劣的图画来，在那上面表现着多种日满交欢的语句。

彩坊也在公园的门前起始搭起来，那是先有那么一个空的木架，将在这空架的上面，要扎出许多花样来。

挺着胸的日子，昂然地一天一天逼近来……

那一天，气候上有着大的转换。近北的地带，也并不能就以为是希奇的事；可是在人民的心中，为旧迷信所支配那么多年的，总想到这该是神的一点预示，于是欣悦的成分，在不为人所见的时候，就更多地现出一些来。

所谓"满洲国"国旗，在各处都被命令着要张起。纵然是一个很大的店铺，也不过用了二尺方的布旗，随随便便地夹在铁门的缝子里，像一个失贞的女人颇羞愧地站在那边。因为是要化了钱买的，也因为若是没有就被禁止通行的，在洋车或是马车的上面，也都插了小小的两面纸旗。

但是，每个人的心中都在热烈地期待着私下里说着的那件事情之实现，再逼真一步的是想着从太平桥，从马船口过江，或是从上号那面能冲进来的事。

二十四人一队的“友军”骑在高大的马上，傲然地顾盼着左右而巡行着；而站在街上的“友军”步哨，向着那小军官敬礼的时候，他们所想到的是如在帝国的殖民地的土地上一样的。

在街旁缕缕行着的，那些被分派到会的人，低了头，如羊群似地前行。到那里去，或是做什么去呢，却成为一点也不明白的，只昏盲地，知道不去总是一件不可能的事。

太阳是没有，狂风在使每一个人拉起了外衣的领子，只把脸露出最小的部分来。在本该是快活的日子，而为人所侮辱着，那忧愤是双重地如烈火在胸中燃烧着。眼睛只能在握了插有锋芒刺刀的步枪的“友军”未曾注意到的时候，恶毒地向四面望着，那好像在说：

“只要我有一把刀！……”

而警戒着的“友军”，又大队地增加起来了，短促而有异样声音的军号，领了那一群像鸭子似的动物蠢蠢然地行进着。

钉满了钢钉的皮鞋，踏在长石块修筑的街路之上，勇敢地发出了不为所屈的声音。它在抵御异族人脚上钢铁之压轧，它回应着较大而碎杂的声音。

“快走，把各，什么的看！”

粗暴的“友军”，在用生硬的中国话，还没有忘记如何去加入他们自己常说着的下流话，骂着路旁稍稍伫立的人。

被说着的连一句话也不说，在继续地挪动着他们的脚。他们心在说着：

“今天是那么一天，今天是那么一天……！”

那些愚盲的，有着睡眠不足而使眼睛红肿特象的中国兵士，裹在灰棉军服之内，是随了“友车”的行列也向前走着，有的在怨恨着在这时候，长官为什么不发冲锋的口令呢？只有端起枪来就能使前面走着的转不过身来。大部分却在心中想着，十月份的饷什么时候可以领到手。他们看见了他们的司令，坐在汽车里，从他们的行伍旁驰过去。

走到公园的门前了，鲜艳的彩坊，蒙了一层尘土，再衬上灰色的天，全然成为一个哀悼会的好情况。在空中盘桓着的，是灰色的有旭日徽的“友军”飞机。

来开会的人，争着写上了所代表的名字，想转过一个圈子就出去的，却为友军的叱责止住了。

“滚开去，出去的不行！”

已经停住了脚，“友军”的勇士还追上来，嵌着铁的枪柄，打着发出空洞的声音的肋部，被打的忍住了为痛苦和为伤愤而流下来的泪，在转回身去的时候，地上现出了湿土的珠子。

“啊，我的祖国！”

纵然祖国不是如何好的，但是如此的待遇也还没有过吧？思念着的时候，就又想起了流星一样的那一点希望，好像残破的青天白日旗，重复在空中招展。

主席台是在广场的中间，那身材和“友邦”人民仿佛的市长，穿了礼服，正焦灼地坐在那里。望下去呢，是无数根头发的海，就是被命令着脱去帽子，也没有一个人仰起头来。他看着坐在身傍的“友邦”顾问的不悦神色，但是无论如何也不能再说要每个人也把头仰起来的话。

突然，他远远地望到从园门走进来的“友邦”陆军司令，立刻，他露了极高兴的样子，失措地站起来，像要从台上一步迈下去的。他自悟到可笑的样子，但是觉不出什么来，用了破裂的嗓子叫：

“鼓掌，鼓掌，……”

人们懒懒地抬起头来，望了在狂击着手掌的他，附和着他的是台上的一群人和围在四周的警察。像鬼哭，像孩子叫的军乐起来了！

为留有民意真纪录的“友邦”摄影师，如猴子一样地揉升到高架的上面，于是摄影机也轧轧地在响着。

穿了中国衣衫的“友邦”人民，不自主地用和语欢呼起来。

一个长着胡子的肥老鸭，蹒跚地走着大致还笔直的路。

在疏落的掌声之中，一跳一跳地上了主席台，那市长露了失去母亲的孩子重又见着母亲一样的神情，而又慑于长者的威严之下，把身子转向前面去，起始引导这会之进行。

在每一个人的演说之后，他要像简缩蓄音器一样地重复地说一遍，而且还要加上从心中表示着感激的字眼和神情。

狂风顺了他的喉咙直吹下去，他咳嗽着，就是这样他也不想休息，为感激“友邦”人民把他从地狱里释放出来的大德，他无处不表示着他的忠顺。

“在闭会之前，我们该欢呼——”他用暗哑的声音叫。

人群在下面起始小小的骚动了，在有一点相互的拥挤，都在希望着能够是第一个钻出去的人。

“我们要表示出对于友邦之感谢，——”

他说过之后，好像觉得颈子有一点不舒服，他微微地向左右摇动，从眼角那里望到“友邦”司令不大高兴的脸。于是他又接着说：

“我们都知道，若是没有友邦的援助，满洲国是不能成立的。所以我们要三呼：——”

他顿了一下，像是想把精神集中似地。

“日本大帝国万岁！”

只有那几个穿了中国衣衫的“友邦”人民随了他叫

起来。

“满洲国万岁!”

附和着的仍然是那几个人。

“怎么，你们没有听清楚么?你们都是太笨了，再来好好地听我的欢呼吧! 这一次，不要忘记，大声地随我叫出来!”

“日——本——大——帝——国——万——岁!”

但是这结果，还是和以前一样的。

就是有些人，因为腿已经酸痛了，北风使他们觉到不可耐的寒冷，想来用嘴叫一叫，然后就可以散会，就可以回到温暖的，舒适的家中去；也为一想到的时候，就好像锈了的长矛刺在心中，在痛苦之外也还有酸而辣的滋味，于是就放下了决心，情愿身体上的折磨，仍是噤然地，如蛰伏着的秋虫。

站在台上的主席咆哮起来了，像为饥饿所迫而又关在铁栏内的大虫，把握紧了的拳头在空中挥着，从愤恨到极点的情绪中，把一些话从牙齿的缝里挤出来。

“难说你们不知道‘友邦’军民对于我们的好处么?”

在这一群人的心上，这问话是很快就得到回答的。

他们有的想到在“友邦”军部被打断了腿或是肋骨的，因为说是有通敌的嫌疑；或是因为尚用着有中山遗像的日历，有了反满的铁证。他们有的也知道从鼻子里，被灌了花椒水，火油，或是冷水的人。还有那些应时而兴的高丽人和“友邦”人民包揽词讼，烟馆和赌场的一些事。还有在公共场所中看到的“友军”对于中国妇女的侮辱，言语上及姿态上。这不还是在大城市之中么，多少地还有一点忌惮，因为他们的脑子里总还想着暂时间应有的和善，使这些被压着的人民想到“日满交欢”的话；只要离开了这城市，就说数里之遥的顾乡屯吧，不是曾经发现过埋在土中的中国人的尸身么？那些人触犯了“友军”不能直接向义勇军所发泄的怒气，就把那些人认成了他们的敌人，要那些无辜者自己为自己掘好了尸坑，然后由有同样命运的同伴一个为一个地盖上土去，到末了只要替最后的这一个人，当他躺在坑中之后，同样地盖上了土，于是这些人就都窒息着死去。还有，因为是义勇军所到过的屯堡，“友军”就怀了狐狸一样的疑惑，用炮火为他们的先导，把老年的幼年的壮年的血肉，和炮弹的碎片裹在一团飞起来……

这些事情不都还是很清晰地印在他们的脑子里面么？有了感触的人们，各自吐着微微的叹息，而这叹息合拢来，却成为可闻的声音了。

人群中更有些人把头发缓缓地扬起来，用了眼睛在向站在台上的主席问着：

“你说说吧，日本人有什么好处的？”

看见了那些一对对不约而同看过来的眼睛，笔直地刺入了他的心，他微微地感到一点狼狈了。他不也可以算是好人物之一么，觉到羞耻也可以不必红脸的。

聪明的警备队队长，迅速地把部下召集起来，秘密地传下了命令，当着愤怒了的主席又在叫着口号的时候，就有他们这一队人在附和着，虽然不能有摇动天地的洪大，可也不再像前两次那样地凄清冷落。

在无可奈何之中，主席露了满意的笑来，他转过身去谄媚地望了端坐着的友邦司令笑着，而人群是被指挥着要到街上去游行了。

"若是有一枝兵在这时候冲进来，……"

有的在切齿如此地想着，看了时间竟能这样平稳地过去，心中起着更重的焦灼。

"也许要在夜间吧，暗中行军是大有利呢，而且鬼子的飞机，又成天地打转转。"

才在移动的人群，用力把脚擦着沙土，以这奇特的方法发泄出胸中的不平来。

成了行列地在街上走着，如送丧者的脸色与步伐，渐渐地，除开了掮着大旗，没有法子脱身的，都向小路上溜走了。

破碎的满洲国旗，在路上为人的脚践踏着……。

一串串的凭了自己的气力或是凭了牲畜气力的车夫们，如羊群似地为友军牵引着白绳拴了他们的手臂，因为他们的车上，为狂风把用钱买来的旗子吹破了，或是根本就被吹得失去，犯了该受惩罚的抗命和不敬之罪。

黄昏好像被巨魔从四周提起来，用黑暗渐渐把这大地包了；但是丑劣的天气，那情形像是更严重。显了鬼一样的脸相朝了这地面，看着这些被欺压凌辱的，和那些如暴君一样的统治者，像是想张开天之巨口就把一切都吞噬下去。它命令了秋末的树枝，靠了风的力量，打着尖锐而繁杂的哨子，在说出内心的愤怒来，它等着那自然的抵抗或是一面的醒悟，想把人与人之间交织着的怨恨消淡下去。

吃醉了酒的“友军”三五成群地在街上跄踉地走着，用破嗓子唱着浅俗的歌，还说着俚野的话，躲避不及的行人，被他们用革鞭抽打，有的现出了红的血痕。被打的忍了痛就记在心中，划上那么一道，这是将来也要用血来偿还的积债。

夜是深深地来了，每个人想到在天上飞着的那已经失去效用的；突然间，就听到了轰轰的声音。

“这总该是重炮在吼着了！”

人的脸和心都为紧张的情绪占住了，用眼睛搜寻着，看看是一把刀或是一柄斧子用着顺手；可是站到院里去，除去那声音之外，风也吹送来工人们当工作的时候自己的吆喝。他们立刻想起来了，那是因为新城大街段路之落陷，日夜地在修筑中；如重炮的声音，定然是那庞大的铁锤击在粗的木桩之上。

他们颓然地冷下去了，拖着懒的脚步回到房里，松开了右手，铿然地响了铁器的声音。无神地坐在那里，把手托了下腮，心中默默地想着：

“自由的日子什么时候来呢？”

于是他们想到撼动天地的喊杀，想到在黑暗中冒着火亮又响着声音的射击，还想到那闪着一点光的大刀，荡平了仇敌的颈子……

“啊，那时候啊，血的债才清偿了！”

可是，夜还是沉默的，没有一点好预示，空是让好兴致睁大了眼睛，在守候着那好时候；这好时候呢，怕仍然是迢遥的吧？

鼓舞着的兴致息止了，他们的头又下垂了。不是全然失望了的，他们又想到了冬天封江的时候，天然的障碍成为可履的平途，就是想防守，怕也不是一件容易的事，那时候，江北的健儿不是随时就可以过来的么？

他们的心成为平静的海了，把力量都潜伏着，什么时候都可以翻起大波浪的。但是眼前呢，他们容忍着，他们等候着，沉着精神在期待着那么一天的到来。

烬

晚间，在这极北的城市里，有初冬的寒风，使行路的人缩了颈子，也有为掩护不到而冻红的鼻子。有负了钢炮的铁甲车，随在后面的一辆没有遮掩的载重汽车，坐了四十名“满洲国”警备队。他们背了步枪，木木地坐在座位上；就是已经穿了皮的外套，凛冽的风也在使他们的脸和手指僵着。那汽车响了古怪的哨子，像野大虫似地在街上跑着，这些仰仗了“满洲国”而豢养的警备队，有着朽木一样的心情，都只是默默地坐着。

这车，在传家甸，八站和道里之间梭巡着。

他们看了街旁的景物在迅速地闪下去，经过了漆黑，明亮，和有着黯淡灯光的不同地段；汽车的马达总是那样单调地响着。

遥遥地，日本军营的号角在空气中荡过来。

只有中国大街尚是热闹的，那些失去了国家的白俄男女，仍然是无忧无虑地在喧笑着。在大石头道街接近了铁路的那一面，有朝鲜，日本，和俄国的卖淫妇，在向行路的人说着风流话。虽是道里，而住满了中国人的新城大街上，有穿了肥大衣袖的中国人，露了一点仓惶的神态走着。他们是装成了没有事情的人，可是眼睛在望着，寻到了凭眼睛看着相宜在心上也仔细想过一次的人，就用较急的脚步赶了上去。他们用若有若无，低低的声音说：

"先生，看报么？天津《大公报》和北平《晨报》。"

"新的么？"

"都是本月九号的，今天早晨才到。"

"多少钱？"

"六毛钱吧。"

"太多了，我每次都是化两毛钱。"

"您想想，这营生有多么大的危险，检查加紧不算，就是在前天我的同伴就被密探捉了去，活活用马鞭打死了！"

"好吧，依你的价，我们找个地方吧。"

被问着的人也像有过暗约似地，始终是不露声色，用细微的声音在说。没有什么可说的了，就默默地走着。到了相识的商店，就径直地走到客室去，那个人急急地把藏在衣袖的两张报取出来。看看钟，他在说：

"先生，您可以看到十点八分。"

可是把报纸拿到手中的人呢，像是很忙迫地，连答应着的声音也没有哼出来，只贪婪地看着那报纸。想从祖国的报纸上，看着祖国的音讯，和祖国有了什么具体的计划来收复沦落了将近一年的土地。详尽地读着每一个字，甚至于每一个圈点；而当读完了的时候，露了伤愤的样子把报纸和钱送给那个人。从心底起了长长的喟叹。在日本人支配下的新闻纸，虽然有着夸大性，有的关于祖国不幸的消息也有些可以从那上面证实了。

还都是只有私斗之勇呢！

那面，明了耀眼的电灯，也响着俚俗的铜乐，是木下曲艺团的演奏；愚蠢的人，围在那前面望了庞大的象和有着油滑滑皮肤的海狗。鼓掌和嘈杂的声音从布幕中出来。

夸耀威武的日本宪兵，骑在高大的马上，慢慢地在街心走着。

在街角的墙上，有才贴好的宣传画，几个穿了短衣的工人，在那里停住了脚。

“看什么，总是亡国的事！”

有一个这样愤愤然的说了。

他们就又继续着他们的行程。

“知道么，今天下午道外出了乱子。”

“什么事情?”

“海军和陆军在新舞台前对起敌来。”

“都是些亡国兵，还有什么说不过去的事么!”

“听说是因为陆军稽查队打了不服从的海军。”

“开枪了么?”

“开了，两面都有一百几十人。”

“后来呢?”

“日本人把两面的首领捉了去。”

“没有打死一个日本人?”

“不要说啦，只有三个日本兵就把这三百多人都镇伏下去了!”

“是么?”

“老二正在新舞台前面做外工，亲眼看见的。”

“咱们的东三省就是丢在他们的手里!”

虽然是怀着无穷的愤恨，也能瞪着如酗酒的红眼睛，但是赤手的人总只能叹息着，用话语来泄出胸中的情感，还要先张望张望四周。就是说能空身过了江，跑到马船口就能入了群；可是想到累赘的家，有几口是等他们出卖了劳力来吃饭，又只能把脑子冷些下去。

不是全然就驯服得如一群盲目的绵羊，有的已经丢开了家，辛苦地随了不甘屈伏的人，在拼了血肉东西地争战着，有的诡密地装成了顺民，而暗中把一些军事消息传到祖国或是为祖国战争的勇士那里；也有带了××倾向的，仍然是采了常用的方式，散着传单或是把标语写在或刻在墙上和电杆上。

因为尚不是直接地反对着“满洲国”或是日本军

的，所以才能在被捕之后解送到法院里来发落。

“……………………………”

“……………………………”

“你不是反对‘满洲国’吧?”

穿了制服的法官，也有忧伤蕴含在心中，不时地望到旁听席中受了命令而来的日本人，焦急地在问着。

站在被告席中的，不是一条很英挺的汉子么?法官是知道最近所颁布的法律是对于一切反“满洲国”者如何不利，他盼着被告的人麻木地说声“不是”。他的眼睛在殷殷地望着，而那回答，终于像夏雷样地来了。

“我是反对‘满洲国’的。”

那青年泰然地说了，就是为一种主义而努力，可是也决不能说是不来反对这伪组织吧。

“你胡说，你明明是共产党，你决不能逃过我的眼，你想狡赖也不成，许多证据已经证明了你是一个共产党!”

于是被告的青年就被带下去了，好心的法警在途上说明其中的原委，立时就能把原谅给了方才还以为是脑筋不清的法官。

原是同被压迫着的人啊!

都成为“乐园”中之人啊，是要谨谨慎慎地只知道呼吸的动物呢!

什么地方不都有多余的谄媚的脸相么?觉着一点得

意地在日本人的眼前献着无用的殷勤，追想着至于对着自己的亲长也没有那么顺从过。转过脸来呢，为了私愤或是为了莫知所以的心，偷偷地给着对于个人正确或是不正确的“反满”信息。

忠勇的皇军，多是在午夜后敏捷地出动了。一时间就能把所要搜检的处所用步枪和机关枪围起来。先驱的脚踏汽车，射出一条炯炯的光站在那里。已经关闭得很严紧的门，就被捶打得响了惊人的声音。

门开了，来开门的人立刻被绑起来，涌进去的人，立刻散满了各处。凡是住在这里面的人，都要被幽禁到一间房子里，任凭是在哭号的婴儿或是病中的人，出口那面总有挟了有刺刀的枪的勇士看守着。其余的勇士们，在队长的指挥之下，如猎狗一样地搜寻着。

这搜查是古怪的，地板被利斧劈开了，用了电筒在仔仔细细地照看；堆在床上的棉被有的撕开了，看看棉花里存了什么值得注意的证据；皮箱被刺刀划开了，明明白白地知道那是不是可以隐藏秘密的夹板……凭了那队长精明的脑子，机警地把那些为人所不注意而从经验上知道有重要性的所在，吩咐着兵士们都下过手了。

他站在那里，用手指捻着胡子，眼睛却有神地在观望着。他想着自己不是发着尽是枉然的命令，他在等候着能有重要的发现，那时候他能在兵士之中被夸耀着，将更为长官所器重。但是事实和他所想的是相反的，就是兵士们也因为想到这一次是徒劳，就不像才来的时节所怀了的高兴致。

——不是明明得着报告说这是自卫军的机关么?

那队长在想着，突然像记起了些什么的，从袋里掏出杂记本来。

“南七道街三十一号，南七道街是没有错的，也许这不是三十一号吧。”

他自己在低低地盘算着。

“喂，这是三十一号么?”

他漫然地向着在工作的兵士问。

“是的，队长。”

他真不知道该怎么好了，焦灼地用手搔了头，他忽然看到了有中山遗像的日历。

“这就是了，这就是了，……”

他的喉中响了粗野的声音，他命令着把那日历取下来，还立刻传令把那近六十岁的主人拘捕。任着妇人和孩子们的哭喊，任着那老妻挺了战颤的身躯跪在地上恳求，勇士们是毫不顾惜地把她踢倒，如兽群一样地又涌出了门。

被捆绑的人，有失去血色的脸，有打着寒战的身子，有苍青色的嘴唇。将有如何的结局，是一点也不能想到的了。

寒夜里，天上挂着的星子也在抖索着呢!

那家里尚有着自由身子的人，用金钱，用友人的奔波的情托，一星期之后，被吩咐着到拘留所去迎接，那已经是一具布满了伤痕的尸身。

这不是没有适宜解释的，说是完全是一个误会，说是近来有了许多不良份子假公济私，说是被捕的人年老多病，因之就死去了。

有什么可说的呢，守卫兵已经在催促着，要他们快快地离开。将要流下来的泪，盼着是含酸性的液体，在流到心中去的时候，蚀着该刻在心中的怨恨，等待报复之来临再去冲淡吧。

但是，小小的欣喜，使被强暴所挤榨的人感到一点点的称愿的事情不是没有的，最近在报纸上不就是记载着江北的松浦镇有三个日本人被绑去了的事件么？明知道有威权者就是蒙了损失迟早也将在这些无辜的人的身上来求得报复，可是眼前的快意，使这些人都奋着。

“听说绑去的并不是有钱的鬼子。”

“唔，都是他妈的特务机关里狗腿。”

“近来有信息么？”

“不是要一百五十万金票，还有二十挺机关枪，六尊山炮。”

“我想这是成心开个大玩笑。”

“不，我以为这是严重的。”

“你想日本人会赎么？”

“那说不定，——不过从要军器这上面看，也许日本人不能这样办。”

“但盼不去赎，先杀了这几个，出出我们的气！”

“你放心，就是日本人肯出钱，也不见得买得回来这三条命。”

“那才好。你知道南线车被劫的详情么？”

“不是报纸上说过的在蔡家沟那里？”

“我的一个朋友坐了那列车，他亲自看到许多外面所不知道的。他告诉我那一次所有的日本人都被害！就是躲在椅子下的也拖出来杀死，那一群人张了青天白日旗，中国的乘客都欢呼着。”

“不是说劫了乘客么？”

“那里，日本人的财物是取去了，可是中国人有许多自动地送给他们。”

“激于良心上出来的热诚啊！”

“什么时候进哈尔滨来吧！”

“那也不是难事情呀，只要日本人没有——。”

“没有什么？”

“没有飞机啊，中国兵就是上飞机的当，这不是从经验上得来的么！”

以为是值得鼓舞的，也都在刹那间消灭下去，永恒的失望与无尽身受的苦痛，在渐渐地增厚了心上的愤懑。有时候也记起来，为日本人所支配下的报纸用显明的字型排出来关于中国的空中英雄炸沉了中国的军舰的事，人的心也向麻木之途去了。从这上面想到丧失土地是有必然性的了。

但是，就是破落户的后裔也不愿受闯入者的强涉的，小小的自由总还愿意是属于自己的呀！

这小小的自由在那里呢？在遐想或幻梦之中，在遥遥的天边，在不知名的地方？只有身受者才知道这苦难，该肩起这责任的人呢，还是悠悠然地过着安闲的日子。

从春天盼到高粮长到人一样高的时节，从这时候又盼到了封江，总在怀了那么美而好的想像，想像着有那么英雄的人物，借了天然的力量，来杀尽这异国的敌人，收复丧失了的土地；但是事实上在一个希望之死亡，只能又是一个新的希望，而从来他们的心愿没有能完成。就是在新闻纸上看到了以为是英雄的人物，攻陷了双城堡，安达站，或是佳木斯；只要在几十人或是几百人日本军的攻击之下，就又轻易地退到深山之中了。

“没有用的东西们啊！……”

每个人在心里如此叫着。

可是，可原谅的地方也不是没有的，连足以蔽体的衣服，和足用的弹药都没有。在这面，是一眼就可以看出差别来。

沉重的心啊，成为更沉重的了！自身的力量是没有，以为可依仗的，也全成为空幻的了！

从前所有着的那流言，说是警备队将于某日起事的，也没有丝毫动静。有了足月的饷份，就什么都可以忘了。

但是，为保护中东线列车的兵士，却常常一排两排地在途中“拉出去”。他们在热死人的天和冻死人的天都挤在没有顶子的车上，紧接了机车，坚硬的煤屑和狂风抽打着他们的眼睛和脸。在不能忍耐了的时候弟兄们就纷纷地强迫了为首的到那么一条路。他们杀害车上的日本人，他们抢了贵重的财物；可是在两次三次之后，日本的兵士也有几十人随了车，把机关枪对了他们。于是，他们就合该伏伏贴贴地在冲了风雪，一次又一次地。

人的心也如在寒冷中的肢体，感受了极度的痛苦就容易成为麻木了。盼着能有一声大的呼唤，使渐就麻痹了的人苏醒起来；但是那些只图眼前安逸的人，是一直任之了。

这三千万人，这三千万人的忍受，怨愤是如一片数不清的沙子。若是这是些有爆裂性的原质，就该猛然地轰炸了吧？就是毁了自己，毁了自己所有的家园，也不会有什么顾惜的。

但是他们容忍着，一向这祖国把他们训练成不能说一句话也不能喘一口大气的好国民，只有在自己的身上真真感到了割痛的时候，才发出乞怜的哀呼。他们只是一片野火后的余烬，只有一星星微弱的光从灰中透出来。

什么时候有挥发油也有木材一齐加到这上面呢？还是就任了这灰烬也消灭下去？

这全然是成为不可知道的事了！

下　场

他有着六十岁以上的高龄了，在这戏台的上面，他走出又出进的也有五十年，他伺候过老佛爷，他也跟过大老板；可是他却从来也未曾扮演过能说上一句话或是有一句唱工的角色，只是当“龙套”打“下手”或是“上手”。他的职务是举着一面绣着金龙的长旗，为别人喊着堂威，或是为主角“带马”，（就是这件事也成为过去的了，到现在早已没有他的份，自有那比他精明的伙伴替了他，）他也要翻着筋斗。他总是要在没有“打通”① 之先就到了后台，准备着出来；一直到吹过了散戏的锁呐，他领了十二吊钱的戏份，回到自己的家中。

他是老了，只要看到他的就觉得他是老迈得不像样子，虽然他没有留起胡子。（在他们的行业，多是不能

① 旧式的戏园，在将开演的时候，照例是要敲着锣鼓，这就是“打通”，打过三通，才起始演戏。

留起胡子来的。）他的背是驼着，比其他的老年人是更显然，他的颈子就探向前面，永远也不能直起来。他的脸正像晒在太阳下的东瓜，横横竖竖地不知道有着多少条绉纹，松弛的筋肉，就使那绉纹有着更多的弯曲。他的下唇像是长出一点来，除开可以托了那上唇，还伸出一部来，流着黏黏的涎液。他的眼睛已经蒙了一层翳，呆滞地像是早已失去了自由灵活转动的能力。他的左面的耳轮，在十二年前为老鼠咬下一半去。

那时候，当着同伴听到了这件可笑的事，便向他说：

“喂，杨二，这可够不吉利的，耗子咬过的活不到转年。”

“那也挺不错，省得活受罪。”

但是他并没有在那年里头死掉，他又熬过了十二年，连孙子拴子都有十八岁了。

当着他每一次从门帘里出来，是不一定有人为他拉起帘子来，而且更不会如其他的角色一样，能有“迎头好”① 的。他与其他的三个人，都已经像机械一样地一左一右分着站立，然后那名角才正正经经地走出来。若是“大轴子”②，那些从开演也未曾亮的电灯就倏地亮了，人们的喝采，像雷似地轰然响着了。这是会使那新

---

① 即是演戏人才出来的喝采。

② 最后的一折戏。

出马的角色发起昏来，就是那和他一样的龙套，也有不少觉得一点手足失措；可是他，他看惯了也听惯了，全然无动于中地站立在那里，眼睛望着那铺在台上积了许多灰尘的地毯，或是再远一点，就看到了坐在“耳池”①的座客。他不必抬起头来，（自然要他抬起头来在他是一种苦痛，）他看得见那粉白高底的朝靴从上场门走到台口，于是道着“引子”，然后转过身走向坐位上，再念上四句“定场诗”，他和其余的三个人，就要把举在手中的长旗放下来，还要向着中间走近两步。这一切的事情，对于他几乎比吃饭还要来得纯熟，到了该走下去的时节，他就会插到第三个，从下场门走进后台。他不能像那些角色一样，到了后台有多少人侍候着，或是当着一出戏完了之后就卸下装来；他是要永远穿着那件龙套，守在那里，等候着出进。这时候他会拿下来旱烟袋，装起一袋烟来，打着火链点起吸着。这是他感觉得很有趣的时候了，他把那翠绿的玉嘴衔在瘪瘪的嘴里，有味地一口一口抽着，在这一刻个人的小天地中，尽有着许许多多美妙的幻想，一直到管事的催着他上场，他才仓卒地磕去烟袋锅里的灰，抹抹嘴，准备着从上场出去。

当他迈出第一步去，他的眼睛就望到了池子里一排排黑压压的头；以迟缓的脚步他走至台口，然后再分到

① 旧式戏台，是方方的伸出来，在左右的座位，即是耳池。

左面去。常来的观客，早已看过他了，生的人就会以好奇的眼望他两下，低低地说着或是想着；为什么到了这样的年纪还要干呢？有的更会笑着，是一种无情感的笑，这样的笑声会飘进他的耳朵里；可是他决不会表示出不满，因为他知道他不会再给人以更多的失望或满意，他只要站在一傍永远也不会开口。

新的同行也有的向他问着：

“您今年高寿啦？”

“唉，我还小咧，才六十七。”

“你也该享福喽。”

“享不上福还受不上罪么？”

他感伤地叹息着，点点头，用手掌抹着嘴。

“您有几位少爷呵？”

“跟前只有一个，死了十来年啦。留下一个孙子，今年有十八岁了。还有一个二十岁的孙女，还没有出阁。”

“媳妇呢？”

“唉，不用提了，她汉子死了的转年，就她妈的走一步啦，要不我的孙女还留不到这么大，家里实在也是没有人照顾。孙子又不成材，也是这一行，那么点的年纪还好耍两把，我真是命苦，没有法儿。”

也就是因为管事的知道他的底细，所以才没有开掉他，勉勉强强地对敷着。

孙女妞儿总还算是好的，成天给他烧水煮饭，缝补衣裳，从来也没有埋怨过这个一天只挣十二吊的爷爷。那个孙子拴儿却不是好东西了，就是没有戏，他也要很晚很晚地回来。

早晨，他像一切上了年纪的人一样，天才亮就起来了。擦了把脸，就在院子里走着，这时候院子里其他的人家都还没有起来。他看着成群的乌鸦飞了过去。喳喳地叫着。他吐了一口痰，咳嗽两声，为着使眼睛清亮，他还望着青青的天。可是他的眼睛实在是不成了，无论怎么样的好天在他看来总有一层白茫茫的雾，把一件东西看成了两件也更是平常的事。他还要挥动着手臂，转两回身，他是在操练两回拳脚。过了两袋烟的时辰，他就回到屋里把睡得像死狗的拴儿拉起来。

“还睡么，也不知道练点功夫。”

被叫醒的人揉着眼睛，极不情愿地把脚穿到鞋里去，可是当着他才一走开，他就要歪到炕上。

他自己沏了壶茶，到走回来时看见他又睡了下来，便忿忿地骂着。

“好吃懒睡，真他妈的不是东西！”

这一回他是顺手抄起来放在门后的一把大竹刀，赶过去要打的。可是那小子却一溜烟似地跑出去了。

他就拿了那把刀走到院子里，小解之后的拴儿也提了裤子回来，他嚷着：

“提上鞋，一点精气神也没有。”

拴儿就弯下身子去穿好了鞋，还到屋里拿出来一条裤带，吸着气扎得紧紧的。

“来吧！”

他叫着，他的手握住了那把竹刀。拴儿就起始翻着一串两个的筋斗，到翻第二个的时候，他是照例的要用刀挑着他的腰身，帮助他快一点转了过去。

“再来，真是懒啊！”

于是拴儿又是照样地翻着。同样地要翻过十回八回。每一次若是翻得慢了些，本来是挑着腰身的竹刀，就会毫不容情地打着了。

翻过了二三十个筋斗的拴子喘着气，疲乏地蹲了下来，吐着唾沫。

“年青力壮的就这么点精神，成天只知道要钱啦！当初我像你这样岁数的时候，那一天早晨起来不练几趟拳，翻上百八十个筋斗？真是，哼！”

像不胜感慨地这样说着。

他的心里呢，却在想着另外一件事了，他想着的是拴儿这小子也要像这样过一辈子么？为什么不想法要他练练呢？就说先多翻上一个筋斗，然后再练习着翻上一串四个，五个，六个，……再练上点腰腿身段，不也可以当个配角么？渐渐地，渐渐地，也就可以自己挑一出戏了。

他觉得满意了，就命令着：

“拴儿，再来！”

拴儿懒懒地站了起来，翻过了一趟。

“这一回翻三个吧。”

“我，——我不知道路数。”

“想想不就行了么，三个比两个才多一个，年轻力壮的小伙子，怎么没有一点昂气？”

“我不知道翻到第三个该怎么转身了呢？”

“那有什么连着两个，再来一个岔样的——”

拴儿用手打着势子，终于还是摇摇头。

“怕弄不对，那可就麻烦了。”

“小伙子怕什么呢，就是摔到地上不是一骨碌就可以爬起来的么？”

“倒不是怕那个，您，——您可得多留点儿神。”

说过了拴儿就走到那面去，迟疑了一会，便翻起来了，一个，两个，到第三个的时候他仍然挑了他的身子，可是那方向整整是反了，还几乎摔了一个马爬。

“对了，对了，真是三个，照这样来，总能行的，就是到打完了第三个，要把身子转过来。再来，再来，……”

他是高兴了，虽然那势样有多么不好看，他的心中想着：到底是年青人啊！

拴儿却露了愁眉苦脸的样子，听见他的夸赞，才又打起点精神来，再走过去。

他又翻着，这一次方向虽然是对了，可是他却没有站得住，立刻就坐到地上。

没有等他去用手拉，他一下子就站立起来了。

“没有摔坏吧，这回好多了，只要腿上加点劲，准能行的，再来，再来，——”

三次，四次，五次，……地试着，渐渐地真是能翻到好处了，只是在落下来的时候，没有能收得住脚。他知道这是没有什么，只要能有一个人，在背后轻轻地拍一下，就可以过去的。

“好小子，拴儿，你算成了，只要和伙伴们说一声，像我这样的拍着你就可以了。去，挑满了缸，告诉你姐姐把我那件小褂赶着缝缝，今儿个下半晌要穿。”

他就坐到墙跟下，掏出来烟袋，装好抽起来。太阳温煦地照了他，他像重生一样地感到舒适，眯了眼睛，心中在起着美妙的幻想。他想到拴儿渐渐地就可以成一个角色了，虽然不一定是要成为了不得的名角，至少是每天可以进三五块。这个数目对于他已经是十分满足了，他那时就真的可以“享福”了，不必再像现在一样，每天要走得腿酸腰懒，才混得上十二吊的份子，他想到了那时候就可以给妞儿找一个殷实的婆家，给拴子也说一房媳妇，他自己呢，养个好百灵，每天早晨起来到外面溜溜，有闲空再到茶馆听两段书……

“杨二爷，您早起来啦！”

正是为幻想织入甜蜜蜜的情况中突然有一个女人的声音响了起来，他抬起头来，就望到是新搬到同院住的刘三婶，赶忙陪着笑立起身来。

“您也早啊，这两天天气真好。”

“可不是呢，没见过这么凉快的夏天过。”

“唉，卖力气的人也少受点罪。”

“您可是有福气的人，这么大的孙子孙女。”

“受罪的命，提不上福气。”

“那儿的话，您看我们，这一辈子不就算是白过去了么，死了连张纸也没有人烧！”

刘三婶像是颇伤心地说着，想到这件事，他却觉得还算是满意的。他说着：

“您到屋里坐坐吧。”

“大清早的就来打扰，——”

“哪儿的话，您那不是见外了么？”

说话的时节，已经一先一后地走到屋里去了。他们坐在炕沿上，妞儿把沏好的茶送了过来。

“妞儿今年有多大啦？”

“都二十啦。”

“长的够多么好啊，像水葱儿似的！”

她说着，把眼睛望到坐在墙角矮凳上正在缀补的妞儿，听到这样话的她，并没有抬起眼睛来。

“有了婆家没有呢？”

“还没有啦，一来他兄弟没有成家，少人照顾；二来总也没有合适的，就给耽误下了。”

妞儿立刻就站起来，拿了小凳到外面的窗下去了。

“我可不愿意管这些事，谁叫我们都挺好呢，再说这种事管好了无功无过，万一有点不好，可就要受尽了埋怨，——”她絮絮地说着，先把一切无用的话都说出来，“前两天一位亲戚求到我这儿来，要我给保门亲，本人是在铁路上作事的；您知道，我可不愿意管这些事，实在是推不开了，唉——”她又大大地喘着了一口气，接着说下去，“我可就想起来妞儿来啦，真是炕上一把，地下一把，放到那儿也不含糊的好孩子。”

“您多夸奖，就是有一样，不知道那边是原配还是填房?”

“原配啊，本人就是年纪稍稍大了点，也就是三十上下；话可又说回来啦，岁数大点儿呢，懂得体贴，总比那年青力壮火气刚的好得多。”

“大一点倒不妨事，就是——您可不知道，我们家里还少不了她照料。——您喝口茶。”

于是他们同时各自端起杯子来喝了一口，还没有等咽下去，刘三婶就接着说：

“拴儿也不小了，该娶个媳妇，不就接上了么。”

“还娶媳妇呢，一时那里来的闲钱。”

“妞儿的亲事说妥了，总有个三二百的财礼，就拿那个给拴儿办事还不可以么?”

“我不打算要财礼的。”

“嗐，您可别犯死心眼，费心费血地养大了，那不得要几个，再说我们也不是靠着女儿当摇钱树，一点也不是不正当的。这年头别说我们，女学生们不还都要嫁个有钱的么!”

“唉，年月是久了，那里还有像‘王三姐’① 那样的人呢!”

“连鸡子都卖十个子一个了，……再说妞儿那当子事，得点财礼紧跟着也给拴儿说着，要是姐姐和兄弟一天办事，费用不是省得多么。”

“可也不能太忙了。”

“您放心，我还得给仔细打听打听呢，将来要是愿意看看本人再定也可以，拴儿的事我也可以给操劳着，有合适的也提着，唉，我也是好管闲事，谁叫咱们都不错呢，您的孩子还不就像我自己的孩子么？……”

她的话像永远也说不完，要不是她的丈夫在院子里叫着，她决不会停止的。

“我的当家叫我呢，事情就这么办吧，您也想想，有什么信我再给您送来。”

---

① 这是指了旧剧《彩楼配》中的王宝钗。

“谢谢您啊，要您多劳神。”

在把她送出来的时候他说着。

“你再要是这么说我可得罚您，您的事不就是我的事么，您留步吧，——”她说着又转了说话的对象，扯开嗓子叫着：“我就来，我就来！”

送走了客人，他又在炕沿上坐下来，装了一袋烟，安详地吸着。他的心中却正在盘算这件事，如果若是都成了，可就是完了两件大事，也不用东典西借。

——拴儿那孩子呢，他心中想着，也该有个家小，有了家小就可以少要钱，多练点工夫，不是就可以更早一点地练出两着来，不致于像他自己这一辈子。

这一天他是高兴着，吃过了午饭就到戏园子里去，同伴们看见他的样子，就来问：

“杨二哥，有什么喜事了么？”

“没有什么，没有什么”，他一面把衣服披上，把帽子戴上，一面说着。“到了那一天，我自会请老弟们喝一盅。”

一个欢喜说笑话的故意说：

“是二哥续弦么？”

听见的人都笑了，可是他却呐呐地说：

“什么话，我这么大的年纪，我是给孙子孙女操劳着呢。唉，有什么法子，都不小了。……”

管事的像野狗一样地叫起来了：

“干什么，都聚在那儿，‘安哨子’[①] 都完了，还不把衣裳都穿整齐了！散开！散开！”

于是这一群人都走了，他像往常一样地，拿了长旗，从上场门出去，又从下场门进来，一次又一次地……

关于孩子们的终身大事，一天一天地有了显然的进展，刘三婶又保一个木匠的女儿，十九岁的，说是可以给拴儿来提着。她说：

“这孩子也是一个好孩子，虽说及不上妞儿那孩子好，也算是难找难寻。就凭那一手好活计，我真还没有看见第二份。妞儿的亲事我也提过去了，就凭我这一句话，人家连相也不用相。抄个八字，先去合合，您要是相呢，告诉我一句话，定规个时辰，都能办得到。”

“只要您看见过也就是了。”

“我见过啊，还不到三十岁的样子，少年老成，说话稳稳当当，可没有时下年青人的习气。”

“唉，图个什么呢，妞儿是个老实孩子，只要过了门不受气就是了，也不敢怎么挑剔。”

“那您可以放心，他决不是那样的人，我也活过来五十多岁了，什么样的人一眼看上也是八九不离十。”

刘三婶是那么有本领的一个人，在说话的时节，眼

① 第三通锣鼓，加了锁呐，在内行叫做“安哨子”。

睛和眉毛都在动着，已经秃了的头皮，涂了黑黑的一层油膏，发着亮，像一颗圆圆的煤球。

“——我告诉您，我是不修今世修来世，我可不能昧天良做亏心事。还有一件，人家问过女家打算要多少财礼呢？”

“那，——那没有关系，随您办吧，多点少点算得了什么，谁还凭这个发财么！”

他觉得一点难为情，嚅嗫地说着。

“话虽是这么说，还是公事公办好，大小您说出一个数目来，我也好回复人家。”

“随您跟他们去说吧。”

“这个数目怎么样？”

她打着手势，先伸出两个指头，随后又伸出五个来。

“好吧，您看着办吧，怎么办怎么好。”

他觉得有一点不耐烦了，他虽然是穷困，也犯不上拿自己的孙女当货物一样地讲价论价，若是不为拴儿那孩子娶媳妇，他是绝不会收别人一文的。

“那么我走了，您听信吧，拴儿的事我也再问问，也得探听探听人家要多少钱啊。”

“好，您多分神吧，将来一块儿再谢。”

“只要我把事情顺顺当当地办妥了，喝盅喜酒，那我也就心满意足了。”

撇着八字形的脚，她走出去了。

由于刘三婶的热心，这两件事都在一月内成了。妞儿的出嫁，他收了二百元的财礼，给拴儿娶媳妇，他又化出去一百五十。再加上那一天的挑费，还有给妞儿事先买了点子陪嫁，他就负了放印子钱的三十块钱的帐。可是他却是高兴的，两件“大事”都在他的眼前办得妥妥当当了，而且拴儿那孩子，自从娶了亲，也不到外边耍去了。那个媳妇呢，比起妞儿来可差上天地，是长着粗眉大眼惯于打情骂俏的一个女人。她的嗓音是尖得有点使人听了不耐烦，那泼辣的神情，是一眼就可以望到。这是他所不满意的地方，可是看到了那一对少年夫妻那样合好，也就罢了，心中想着：只要他们美好也就是了。

他办完了事五天，刘三婶就搬了家，临走的时候还到他房里来辞行。

“唉，住得挺好的，您就搬了么？”

他像是很动情似地说。

“您可不知道我们当家的那点狗脾气，没有个常性，到那儿也住不上一年二载的。”

“我可真得谢谢您让您费心，办完了两件大事。”

“您可别提那个，只要不受抱怨就是了，咱们是后会有期。”

当她坐上车子走的时节，他还殷勤地送出了大门。

日子一天一天地溜过去，拴儿媳妇的性子也一天一天地大起来。老头子就是装聋做哑吧，那一共才只两间的房子也被她叫喊得像是要塌倒了。拴儿那孩子呢，想不到又是一个在女人面前最无用的男子。有的时候，还会帮了自己的家小在说三说四。他不说一句话，忍着气，渐渐地都会骂到他的头上来。他想到发作的，可是这年头，——他一想到这年头他就忍下了。这年头是下犯上的年月。自己想着顶多也不过十年八年的活着，到时候撒手一死，管他们那么多干什么！妞儿可是好孩子，只要她在婆家舒舒服服也就好了。那孩子心好，是绝不会遭恶报的。

他自己提了酒礴碌到街上打了四两莲花白，买了三大枚的果仁，便又回来了。他独自喝着，用手指剥去果仁的皮送到嘴里。他有多少年是未曾喝过酒的，但是现在他却有了“一醉万事休”的想头，于是就又来喝着了。

那个泼女人会更扬高了声音骂着：

“……好啊，灌猫尿吧，一天也不知道点别的！我算是前世来缺德，这辈子嫁到你们戏子家里来现眼……”

他都分明地听到了，那末了的一句话，使得他跳起来，这种辱骂是他从来未曾有的。他想跑过去当面问问她，可是才迈了一步，就好像有人说：“不必生气吧，再喝上两口，你就会舒舒坦坦地什么都忘了，你不是生气的那个年纪了，养点精神，多活上两年吧——”

于是他又站住了，他把酒礴碌对着嘴喝了两三口，他就感觉到一点美丽的晕眩了。一切都变成好的了，那再不是一个女人的嘈闹，而是有韵律的歌唱，使得他飘起来飘起来，渐渐地他歪到炕上就睡着了。

醒来时，是下半晌了，虽然没有吃中饭，也不觉得饿，揉着眼睛坐起来。突然有着颇熟识的声音在耳边响了：

“爷，我回来了！”

“这不是妞儿么，”他心中想着，“她不是嫁了出去怎么回来呢？莫不是我还在做梦？”

可是转过脸去，屋门外正是她走进来了。她带了一件包袱，穿着一身红，到了他的前面。

“妞儿，真是你回来了，你好啊？”

她坐下去，她没有说话，她的眼圈却红起来。

“您才睡醒么？”

“唉，可不是么，那一家还好么？”

“好还好的，就是——”

她才要说出来，又吞了下去，她的泪已经夺眶而出了。

“就是什么呀？——孩子，你说下去！”

“我当的是偏房，……”

“怎么那个养汉婆给你保了这门亲！”

他的声音打着抖，他的手也是战颤着。

“那个人对你怎么样吧！”

“您看看——”她说着，把袖子挽了起来，他模糊地看到了青黑的几条手印。

“好他小王八蛋，他妈的欺负人……”

他又暴跳起来了，可是妞儿却说：

“您不用生气，这是‘命’啊！”

她说完这句话就掩起脸来哭着，他重复坐下去，呐呐地用轻微的声音说着：

“这是‘命’，这是‘命’啊！……”

他的泪也流出来了，在他的胸间像是有什么东西塞住了，使得他连呼吸都像是困难了。

“孩子，在家里好好住上两天吧，唉，‘命’啊，‘命’啊！”

到晚上，他又是赶着到戏园里去了。这天的观客是异常地多，他就问着别人：

“今儿个这么热的天怎么还上个满堂？”

“您不知道么，今晚杨老板贴新排的一出《劫魏营》。”

“啊，真是，一块六，当初大老板，叫天做梦也想不到这么大的戏价啊，年月到底是变了！”

他叹息着，又走开了，管事的人来向他说：

“刘二，杨老板的戏，你要来个‘下手’。”

“什么，我十年没干了，怕不成吧。”

“要是人够用，就找不到你了，找到了你，你也就不能推得开，除非你不吃这行饭！”

管事的人像是气忿忿地走开了，他只呆呆地站在那里。

到了时候，他自己也只得穿起短衣来，还在脸上胡乱地勾了两笔。他的心在跳着，他自己也想不到吃了五十年的行业倒使他胆怯了。

他看见上了装的杨老板从楼上下来，那威凛凛的扮相，真是少有的。他看着他，站到上场门的后面，绣帘只一拉起，就有远震山海的采声起了来。……

这一场下来，他就该出去了。他是打了一面旗，跑着出去的。座位里真是满了人，天是更觉得热了。多少柄扇子在下面挥着，如秋风吹着的芦苇，倒过来又倒过去。他喘着，他的腿脚像是有什么压着。终于还是勉勉强强的过去了。

他坐在后台，抄起一柄大蒲扇摇着，叹着气，他知道自己是不济事了。

过了两场之后，他又要出去了。这一次，需要他和那其余的三个人翻着筋斗。一个翻过去了，两个也过去了，该是他了。他拼着力量翻着，在落下来的时候，他没有收住脚，跄踉地向前跑了两步，他坐着摔到地上。为那可笑的姿式观客都已笑了起来。在他的耳朵里是无尽哄哄的笑，眼前就是那张开的大嘴，一个一个的挤满了。他想到那些观客是来娱乐的，便也强自笑着，他想从地上爬起来；可是他没有能够，他的眼前只是黑压压的一片，但是那里面就有妞儿的脸，还有那青黑的手印。渐渐地大了，把他整个都盖了起来，——他的头颓然地垂下去了。……

醒过来的时候，他已经睡在后台衣箱的上面，他用那不灵活的眼睛望着四周，摇摇头，便又闭了眼睛。

前台正在演着另一个场面，许多人在高兴地喝着采，方才的那一点惊恐已经没有了，鉴赏着边式的“起霸”，爽快的晚风从窗口吹了进来。

“今天晚上真痛快……”

一个人这样低低地说着。

离群者

主人告便之后，就出去迎接新来的客人。才在三五分钟之前，主人森川，告诉了他今晚的客人是一个中国商人和他的家属。这使他觉得惊讶了。自从事变以后，他以居留日本十五六年的好身分，得着日本友人的臂助，就任了沈阳特务机关的嘱托，平时是只以猎狗一般的鼻子来嗅着那些在他以为是异样的中国人，以狼一样的目光来钉着有点志气的同胞，比日本人还忠心于自己的职务，永远是冷峻，严厉，使人见而生畏的。他从来不和那些他以为比他下一等的中国人交接，完全为了使别人想不出他也是中国人，可是却有着过于日本人的机智。在亲切一点的宴会之中，他还从来没有遇见过中国人，于是主人的告知，不得不使他奇异了。他突然想到莫不是主人故意的调弄，渐渐养得骄纵的性子，是可以站起身来就走的；可是他并没有这样做，他不会这样愚蠢，主人森川不只是一个日本人，而且是一位大企业家。他知道为了企业家的意念，皇军才不顾一切在满州扬起了太阳旗。所以他只是微笑着，点点头，仍然坐在沙发里。

他顺手从旁边的木桌上拿起来一本半为饰品，半供候见的客人翻读着的《美术全集》，打开来放在腿上，以一只手翻看书页，一只手捻了自己的胡子尖梢。这样做，他是在盼着它也能如日本军人一样地翘上去。在翻阅的时候他不只未曾想到这一幅画是属于哪一派，或是那一幅画是哪一个艺术家的杰作，就连清楚的轮廓也未在脑中留下。他只是要使自己有点事做才翻着，他知道这样还可以减少一些用眼睛瞪着那群客人走进来的不安。他听到客人走进前厅的声音，他也知道那只小狗一定也是叫着，滚着，于是杂沓的脚步和细碎的语声都渐渐地近了。

他知道客人已经走进了客厅的门，他仍然没有抬起头来，一直到主人森川为他介绍着：

“这是李先生，一位体面商业家——这是山村先生，特务机关的嘱托。”

在这时候，他不得不站起来，他们互道着久仰的话，他也望着新来的一群客人。被介绍的是一个将近六十岁的人，长着将要成为白色的胡子，有伟岸身躯；此外就是一个五十岁左右的妇人，还有两个二十四五岁的青年夫妇，和一个十六七岁的少年。主人以生硬，吃力的发音，用中国语再为他介绍着其余的人，于是他知道那一位是李太太，和他的儿子儿媳们。

年老的李先生从衣袋中取出名片来递给他，在接待之后，点着头，也把自己的取了出来送过去。那是在上首排了一行奉天特务机关嘱托的一行小字之外，印了山村本义四个较大一些的字。他看见那个人怀了一点惊疑，朝他望望，他的脸微微地有一点红起来。

顺了主人的请求，他们都坐下去。

“李先生在沈阳住了很久吧?”

“都不止二十年了。山村先生说得真好的一口中国话啊!”

“唔，唔。”

为了别人的赞扬，他是该笑笑的，可是这赞扬只像刺一样地刺着他的心，他不只感不到得意，就是那勉强的笑容，也显出十分狼狈来了。

“您说的是道地吉林省城话——”

“唔，我在那里住过的，——”

他想着为什么那个人一定要这样追问着他呢?好像他心中的隐秘都为人看穿了，他有一点愤怒，在心中自己想着，这愤怒不也是太无理由了么?他又好像看见主人森川也在笑着他的窘迫了，他原是知道他一切的秘密，再看看其余的人，也像是对他讽笑着，虽然是冬日里，汗也涔涔地渗出来了。

“为什么不发作呢，难说来到这里是为别人讽刺的目标么?”他心中又是这样叫着了;可是对那一个人呢?森川那面,他是绝不敢喘一口大气,就是那位李先生,不也是为森川许为他最好的中国友人么?若是有了什么难堪的举动,森川定然不会只是一个旁观者吧?

他按捺着,忍下火一样的忿怒,掏出手绢来擦拭着前额和脸部。

“山村先生的学问也很好呢,写出来的文章,连日本人都及不上。”

森川这样地说着。他又想到说这样的话有什么意义呢?再若是想下去一层,不是明明白白地说出来,他并不是一个日本人,为了某种的方便,丢弃了自己的祖国,自己的姓名,成为众人所不齿的人物!

可是那位李先生,却像是没有十分注意这句话的深意,只是附合着无关的谀扬。

他后悔着不该到这里来,为什么事前不问清了主人所请的客人再来呢?即是来了之后,听到主人告诉着之后,不也还是可以托故离开么!这样是使他陷于动也不是静也不是的情况中,别人的眼睛,都像针一样地戳着他,甚至于他过分地想到了,在以前也许和那位李先生会过面,他是知道他从前不是名为山村正义的……

“我和贵国的特务机关总管梅田先生也见过的。”

那位李先生任意地说着,可是在他的心中却又起了变化,好像悟到和总管相识,自然知道我的来历了。

于是他是更感觉到不宁了，恰巧下女捧了茶和点心进来，他和其余的客人都承了主人的情，在啜着茶，或是把那小的豆饼放到嘴里去，为着别人把精神都为咀嚼所吸引去了的原因他才觉得轻松。

“山村先生的事情也很忙吧?”

“也就是那么样，我的办事处在车站，每一次车来了的时候我都要照看。”

“照看些什么呢?”

“不断地有中国方面的密探派了来，”他满意地又在捻着胡子，“大大地影响着‘满洲国’的治安。”

“贵国倒真是以十分的力量辅助‘满洲国’呢!”

这句话，最刺着他的耳朵的是“贵国”那两个字，他自己想着私有的隐秘，定然已经为他们看穿了，才故意用“贵国”这两个字来加以讥讽。他的忿怒在胸中激荡着，但又多多少少也有一点羞愧，他想就站起来和他们叫着：“不要故意来这一套吧，我就是一个弃了我的祖国的人，我要吃饭，有什么法子呢！你们骂我么，你们哪一个敢骂出了口？不用说别的，我总是自在的……”

想到了自在这两个字，他打了一个寒噤，他疑惑着，自己问了自己，“我是自在么?”

他想起来没有落地的问话，就急急说：

“总盼望‘日’‘满’两国人民，都一样地享受安乐。”

但追悔立刻就上来了，想着为什么在才见面的时候，不来用日本人说中国话的那种腔调，如同每天他在车站上所应用的，来说着话呢？若是那样定然可以免去这许多烦恼吧。现在再改过是无论如何也来不及的了，倏然间他记起了坐在一傍的主人森川，就想起来说那样的话，也许是不容易张开嘴来的了。

他坐在那里，从袋里取出一支烟来抽着，他极力装成安详闲逸的样子，他听到森川用着真是生硬又不准确的话和那个李太太在谈着，因为一句半句话，森川就觉得窘迫似地做出了似笑非笑的脸。他于是把眼睛望了这房中所有的人，他发觉了其余的客人们较之主人对他是更亲切一点，虽然他也想到了他们是在疑心地，或是在以卑夷的眼光看着他。一时间他对于这原因有点茫茫然，他想不出为什么会是这样子，但是渐渐地他知道了，他知道在心中还有一点未泯的对祖国的眷恋。

他已经隔绝了一切旧的友人，孤另另的一个人，终日伴了他的也是那个日本妻子。虽然一日间他能见不少的人，和他生长在一个国度之内的；可是他不能说着那样的话，他要隐藏了自己，要别人弄不清他，同时，武装的日本军官，也有意无意地投着监视的眼光。

他下意识地把茶杯举到嘴边，他的心，起始在感觉着有一些沉重了。

这时候，女主人也在客厅的门口出现了。她就立在门口频频地行着礼，她是才从厨房里出来，说着因为亲自烹调，所以没有能来招待客人。

所有的客人都站了起来，回着她的礼，于是又都坐下来，女主人也检了一张木椅坐下。她是肥胖的，脸发着红，想为炉火烤得热了，她在喘着气，用手绢为自己摇着。

“森川太太是了不得的人，做得一手的好菜。”

他以半庄半谐的语气说着，可是为别人听着却多少含有了一点谄媚的深意。

可是被说着的人和主人却露出高兴的笑来了，其余的人，像是因为不得不笑而勉强地笑着了，这使沉寂的空气顿时喧闹起来，于是他得意地又说着：

“日本的太太比我们中国的——”

他才吐出了这几个字，就顿然地停住了，他知道所有的客人在朝了他望着，虽然他没有敢正经地看着，在偷眼观察之中。他清楚地望到他们是望着他，以怀疑的眼光，但是他那狡兔一样的机敏，就立刻补着说：

“日本的太太真是能干，什么都能做，尤其是善于烹调，”他摸摸自己的胡子，“因为武士道的缘故，日本男人必须要自己的妻来烧菜才能吃，现在，——啊，现在虽不是从前那样，也就养成了日本女人做菜的本领。”

在说着这些话，他一直是匆忙着的，他的心怦怦地跳着，他想如何才能掩过去方才的失言。最好还是能在谈到日本的时节加上“我们”两个字，可是又像为什么哽在喉中，却不能轻易地吐了出来。把这些话都说完了，他又无由地笑起来，他的笑是不必需的；可是他张大了嘴笑着。两颗金的假牙在反映着一点点的灯光，张开的嘴是一个无底深的洞，笑的声音虽是雄大，却显得那么空洞，那么无着落地，如一个人行在山谷之中，独自听着自己狂啸的回音。

森川露了一点满意的笑容，或者因为他是主人的原因，被赞扬的森川太太，听不懂中国语，可是看到了他的笑，也勉强地用手绢掩着嘴，使鼻子到嘴角的纹更深陷下去。他就用那流利的日本语，把说过的话又说了一遍。

带了小儿女一样的忸怩，森川太太又说着抱歉的话退出去了，因为她还要再到厨房里去。

他的额上还是渗着汗，又取出手绢来擦着，在低下头去的时候，看到悬在金表练上的两块绿翠，于是他又想到近来过着的优越生活，只是月薪，就有四百金票的数目，所以对于一切，也只能淡然处之了。

但是他的忿怒还是在胸中激荡着，他的心上有着难举的重压，他仔细地看着那一群人，——那里面是不包含主人森川的——他觉着那个年青男人是更凶狠地以恶毒的眼光望着他。那是一个二十岁以上的青年，黑黑瘦瘦的一张脸，没有张过一次口，也没有露过一次笑容，——这是真的，因为在才见着的时候他就注意着。——像这样的青年，当事变之后，在这里不知有过多少。在他的管辖之下，他可以施以搜查检举；若是有一点什么可以误会做“义勇军”的活动者，便可以加以死刑。可是现在，他却忍受了这如长矛一样的眼光，刺着他，像是朝他斥骂着：

“你，你弃了你的祖国，弃了你的姓名，——为了自己的荣华，你把和你在一方土地上的勇士陷害了，——以那鲜红的血来使你有辉耀的光采，以那枯骨来架起你的位置。——你不惜把你的仇人认成救主，啊，那是什么样凶恶的救主啊！可是你，你供着他们的奔走，你成为他们得力的爪牙，你……”

他为愤怒燃烧着，这些话虽然是没有骂出口来，却也清清楚楚地悟到了。他也是有着火一样的性子，他不能过于容忍，他想大声地叫出来……

叫出来些什么呢？要说明自己仍然是一个中国的公民么？可是他仿佛在脑中显出来那张名片，印了山村正义的四个字，每一个字的笔画都变成又黑又大地，盖了他整个的身子。那么就以不该来侮辱皇军的官员为口实吧；可是当他在这样想的时候，就打了一个寒战，他也并没有想到这样来说。

但是来取如何的对策呢？就要如一个不能说话的人来忍受这凌辱么？真若是一个上天生下来便有残缺的人，

也就可以过去了，可是他也不是一个仪表堂堂的男子，和一切的男人没有什么不同，甚至于还有着高人一等的机智么？是什么使他噤然着呢，好像他是在迷惘着；可是才一思索，就找得了那原因。他知道自己只和沉默着，在别人还没有戟指怒骂之前，他是什么也不能说了。

那落在心上的呵责，沉重地一下一下都刻印在上面，他的脸红涨着，呼吸是几乎塞住了。他看着别人，好像是没有一个人可以倾诉他的苦处，不止在这里，就是整个的世界上怕也找不到一个可告衷曲的人，他就只皱了眉头，咬着自己的嘴唇。一声不响地兀自坐在那里。

这时候下女走来报告着晚饭已经预备好了，请客人们和主人到餐厅里去。于是他也随同其他的人站了起来，他回望着那沙发的一角，本是柔软的，在他却感觉到如铜铁一样的坚硬。他蜷坐在那里，没有动一动，整整也有了一小时以上。当着他立起身来的时候，他觉着轻快了，他耸了耸肩，一只手插在裤袋里走向餐厅去。

他检定了近着主人的一个坐位，长桌的那一端，留给女主人，顿然他想到了使心际轻松下去，必须做成一个哓舌的人。于是他看到那其余的客人如何不惯于吃着道地的日本饭菜，他便加以详尽的解说；说是那油晃晃的汤，多么适宜于一个抽烟的人，可以洗涤脏腑的毒质；说是那一块生鱼有多么宝贵，只有在日本××地方才有得出产，还有这样的菜，那样的菜，由于他的点缀，都成为多么美妙的食品。他可是饕餮地吃着，如日本人一样地大口地向嘴里送着饭，在这时候，他还要匀出空闲来说着赞扬的话。

看到别人一点惊讶的样子，为了他为主人斟酒，他便解说着这如何是日本人和中国人的不同，在日本的筵席上，客人是需要为主人满上酒的。

到了“鸡素烧”也端了上来的时候，他又是活跃地做着他所能做的事，他熟练地把那圆锅涂上了牛油，把葱和牛肉铺了上去，然后就加上了糖和酱油，他咂着嘴，他的脸上浮着微笑。到了可以入口的时候，他分给所有的客人，自己也取了点，有味地咀嚼着。他觉得满意，这笑蔽去了心上的窘迫；可是当着那个年青人朝了他瞥着一眼，立刻他的心又沉重起来，他看到的是更恶毒的眼光了。

计算着时刻，他该走了，因为有一班从山海关开来的车，就要到了，他说着原委，再加上抱歉的话，就独自离开了主人站起身来，却在餐厅的门口为他拦住，说是不要送出来，还是去陪伴着客人吧。为了他的诚意，主人真也就在那里和他告别，他一个人到客厅里取了帽子，外衣，还有那支藏了利刃的手杖，就匆匆地走出了门。

那是满天星的秋夜，披上了外衣，不只隔去了那点凉爽，且给了他一点点适意的微温。走出来他便大大地吐了一口气，仰起头来，昂胸向前走着。他知道那没有多么远的路，就可以到了车站，而且那水门汀的边路，正为他们这种得意的人准备好了，可以一行走着，一行有那硬铁的鞋跟为自己击着音节的。这样子走着就可以更觉着高兴，适人的微风扑在脸上，也正可以冷下去为步行而渗出来的汗水。

街旁是明着更亮的灯光，可是行人，却较之事变前少得多了。在辉耀的灯光下，看着伏在案上睡着了的商店伙计，会使人更觉着凄凉萧条的。凭着“友邦”的善意，来繁荣这新兴“满洲国”，将建设新的乐土，是把“友邦”中剩余的人和货品都运了来。在这里“友邦”的人民得了好报酬的职业，而“友邦”的货品，是完全无税在各地营销。为了整理芜杂的币制，一切的“奉票”“江帖”“哈洋”都禁止通行了，而在满洲国币之外，却有着日本金票。于是把“日”“满”提携的口号叫起来，可是暗地里，吸着那些被压迫的血，还要残害着他们的性命。就是这样，没有人能说一句话，也没有人敢说一句话了。

他却是受实惠中的一个人，他时常这样想着，当着他这天晚上在行走的途中，他又是这样想了。在以前，他还不只是靠了做私人日语教师才能糊口么？而那区区的数目，也只是一人所用，那个日本的妻子随了他到中国不到半年，便又忿忿地回到日本去了。但是他总算是能耐苦的一个人，就自己活着，过着单独的生活。整个的社会展在他的眼前如同一具僵尸，没有他一点机缘，不能给他一点发展的力量。一年过去了，两年也过去了，他还总是那样。有的时候他会没有一点收入，呆坐在家中。像他那样一点积蓄也没有的人该怎么样呢，甚至于想做恶人也没有那能力的。

就是在这时候发生了“事变”，这“事变”给了一切人以无上的损失，可是他却由于他的日本友人，一个皇家军部人员的推荐，得以做了一个特务机关的嘱托。为了事务上的方便，他弃了自己的姓名，他忠心于他的“天皇”，有多少人因为他的一句话就送掉了性命。他每月有着高的薪金，也有一些分外的收入，这时他从前的那个日本女人，也跑了来和他住在一起。他有了家，有了身分，他有了一切；可是当着自己问了自己：“我是满意的么?”对于那个回答，他自己也得踌躇着了。他像是失了些什么，他自己也说不清，在他个人的周围，隔了一个圈子，只是他自己孤独的活着。他的职务和他那日本腔的中国话使中国人怀了恐怖和生疏，而日本人那一面呢，也未尝以为他是心腹人。那个妻虽然是满意于现生活；可是又时常说到他只是靠了日本人的赐典，多少总还是沾了她的光。为了这个原因，贪婪的女人千方百计地多和他要钱，买着不必要的物品，当着她不被满足，就会哭着喊着骂着。凭着他的性子他是不能容忍的，可是他只得忍着，连一口气也不敢喘似地。

转过了一个街角，远远地就望见车站前的广告场上已经满了人和车辆。突然一个寒战透了他整个的身子，立刻他加快了脚步。他想到车是已经到了，他又误了。

他费了很大的力量才从那入口的地方挤了进去，待跑到他每天站立的地方时，眼前的一列车，早已成为一个空的躯壳，那个机车也正卸了钩退到后面来，准备着把这列车带到站外去。

“唉，晚了，早知道——”

正是他自己喃喃地说着的时节，突然有一个人在他的背脊上拍了一下的。他回过头去，看见是小田事务长，愤怒把这个人的脸弄成像晒在太阳下的土豆。立在那里，默默地不说一句话；可是他的汗却流着了。

“这是你第二次迟了。”

那个小田事务长是从牙齿缝中把这些字一个一个地挤了出来。

“那是因为——”

“过失是没有解释的！”

和他面对着的人立刻就截断了他的话，像饿狼一样地吼着，

“到底你们中国人是该做亡国奴！”

这是着着实实的一鞭子抽在他的心上，他的心疼痛着，他不是因为被人说了自己的祖国，他已经没有祖国，

若是有的话，就可以说是日本；可是日本人，却仍然是把他看成不长进的中国人，他只是一个架在中间的一个小物件，那里也不能依附。这时候他才是真的感觉到悲哀了；但是也没有人来听他的申诉，也没有人给他同情。

那个人说完了话就雄纠纠地走了，马靴上的铁刺，一下一下地响着，好像也在说着些什么讽刺的话。他独自一个留在那里，掏出手绢来，擦着头上的汗，追悔着不该到森川的家中去，他追悔着不该在街上闲逸地步行着，他更追悔着不该……

但那早已迟了，那将永远地成为他难以弥补的悔恨。

图书在版编目（CIP）数据

虫蚀 / 靳以著. — 北京：中国国际广播出版社，2013.1

（良友文学丛书）

ISBN 978-7-5078-3554-0

Ⅰ. ①虫… Ⅱ. ①靳… Ⅲ. ①短篇小说－小说集－中国－现代 Ⅳ. ①I246.7

中国版本图书馆CIP数据核字（2012）第266116号

虫 蚀

著　　者	靳　以
责任编辑	张娟平　张淑卫
版式设计	国广设计室
责任校对	徐秀英
出版发行	中国国际广播出版社（83139469　83139489[传真]）
社　　址	北京复兴门外大街2号（国家广电总局内） 邮编：100866
网　　址	www.chirp.com.cn
经　　销	新华书店
印　　刷	环球印刷（北京）有限公司
开　　本	620×920　1/16
字　　数	90千字
印　　张	12
版　　次	2013 年 1 月　北京第一版
印　　次	2013 年 1 月　第一次印刷
书　　号	ISBN 978-7-5078-3554-0/I · 385
定　　价	38.00元

CRI 中国国际广播出版社　欢迎关注本社新浪官方微博　官方网站 www.chirp.cn

人文阅读与收藏·良友文学丛书

(1)	鲁　迅　编译	竖　琴
(2)	何家槐　著	暧　昧
(3)	巴　金　著	雨
(4)	鲁　迅　编译	一天的工作
(5)	张天翼　著	一　年
(6)	篷　子　著	剪影集
(7)	丁　玲　著	母　亲
(8)	老　舍　著	离　婚
(9)	施蛰存　著	善女人行品
(10)	沈从文　著	记丁玲
	沈从文　著	记丁玲续集
(11)	老　舍　著	赶　集
(12)	陈　铨　著	革命的前一幕
(13)	张天翼　著	移　行
(14)	郑振铎　著	欧行日记
(15)	靳　以　著	虫　蚀
(16)	茅　盾　著	话匣子
(17)	巴　金　著	电
(18)	侍　桁　著	参差集
(19)	丰子恺　著	车箱社会
(20)	凌叔华　著	小哥儿俩
(21)	沈起予　著	残　碑
(22)	巴　金　著	雾
(23)	周作人　著	苦竹杂记　（暂缺）